"十四五"国家重点出版物出版规划增补项目

中国乡村振兴发展报告系列丛书

德格乡村振兴发展报告

中共德格县委宣传部 ◎ 组织编写

中国出版集团有限公司
研究出版社

图书在版编目（CIP）数据

德格乡村振兴发展报告 / 中共德格县委宣传部组织编写. — 北京：研究出版社，2025.6. — ISBN 978-7-5199-1909-2

Ⅰ.I25

中国国家版本馆 CIP 数据核字第 2025H192P0 号

出 品 人：陈建军
出版统筹：丁　波
策划编辑：寇颖丹
责任编辑：韩　笑

德格乡村振兴发展报告

DEGE XIANGCUN ZHENXING FAZHAN BAOGAO

中共德格县委宣传部　组织编写

研究出版社 出版发行

（100006　北京市东城区灯市口大街 100 号华腾商务楼）

北京建宏印刷有限公司印刷　新华书店经销

2025 年 6 月第 1 版　2025 年 6 月第 1 次印刷

开本：710 毫米 ×1000 毫米　1/16　印张：16.75

字数：173 千字

ISBN 978-7-5199-1909-2　定价：75.00 元

电话（010）64217619　64217652（发行部）

版权所有·侵权必究

凡购买本社图书，如有印制质量问题，我社负责调换。

序 言

　　站在时代巨轮的高点眺望，"乡村振兴"的大字被深深镌刻在960万平方千米的国土之上。当全国上下吹响振兴的号角，一些关键节点、重要事件必将在时间长河中熠熠生辉。基于此，如何把握好时代浪潮带来的机遇，科学引领乡村发展，是我国现代化进程中的重中之重。

　　2021年，经中央农村工作领导小组批准同意，160个国家乡村振兴重点帮扶县确定并公布，其中包括四川省甘孜藏族自治州德格县。当时，这160个县上榜的理由是经济社会总体发展水平仍然较低，巩固拓展脱贫攻坚成果还面临不少困难。

　　德格县位于甘孜州西北部，总面积为1.1439万平方千米，川藏公路国道317线贯穿县城及部分乡（镇），是一个以牧业为主的高原小城，素有"康巴文化中心""格萨尔王故里""南派藏医药发祥地""中国藏族传统手工艺之乡"等美誉，境内文化资源和旅游资源较为丰富，但经济发展有待提升。2021年，全县实现地区生产总值17.46亿元，在甘孜州各县排名中位列第十一名，同年，全县人均地区生产总值1.9万元，城镇人均可支配收入3.5万元，农村人均可支配收入1.4万元。同时，德格县GDP增速起伏较大，2018—2021年平均增速8.75%，其中2021年增速6.5%，低于甘孜州平均增速8.0%。

在这样的情况下，乡村振兴无疑是德格县巩固拓展脱贫攻坚成果、增强自我发展能力、加快促进社会发展和文明进步的必备良药。于是，德格县握紧乡村振兴的接力棒，牢牢把握现代化建设规律和城乡关系变化特征，详细分析自身资源禀赋和发展特征，积极推进产业振兴、人才振兴、文化振兴、生态振兴、组织振兴，高效促进当地经济的快速增长，进一步化解人民群众日益增长的美好生活需要和不平衡不充分的发展之间的矛盾，并在点点滴滴、丝丝缕缕中彰显祖国西部边陲一个民族聚居小城的昂扬之态！

本书真实记录了德格县乡村振兴的探索与实践，客观全面地讲述德格儿女开启全面建设社会主义现代化国家新征程的坚定决心。书中每一次拼搏、每一次喝彩、每一次总结所展现的精神特质，是德格儿女在时代洪流中践行初心的体现，更是德格儿女在"两个一百年"奋斗目标的历史交汇期彰显中华民族精神的高度缩影。

大道如砥，行者无疆。纵观我国乡村振兴时间表，德格乡村振兴取得的阶段性成果还需巩固提升，毕竟唯有地基坚实，堡垒方可牢固。衷心希望本书能在记载历史、留住记忆的同时，给予德格县后续的乡村振兴工作一些经验启示，并激励德格人民勇探新路、砥砺深耕，在乡村振兴这份考卷上，创下优异成绩！

CONTENTS 目录

第一章
时代浪潮中，高原小城抓住了"大机遇"

德格县的乡村振兴如约而至，与之应运而生的是一些前所未有的挑战和机遇。当大小目标、近远目标都确定后，为尽早描绘好多姿多彩的振兴"全局图"，德格县上下一心，用众志成城同心干、撸起袖子加油干、久久为功扎实干奏响了奋进正当时的振兴乐章。

第一节　四部十善之地 …………………………………… 002
第二节　画好乡村振兴"全局图" ………………………… 024

第二章
天堑变通途，产业新路畅通了"大循环"

发展特色产业更坚实地奠定了德格乡村全面振兴的基石。以特色优势产业为笔，"一村一品、一乡一业"的乡村发展新篇章被书写。在这片充满希望的土地上，每一个努力的身影都成了美丽的风景，每一份辛勤的付出都换来满满的收获。

第一节　唱响高原牧歌 …………………………………… 044
第二节　集体经济和乡村"CEO" ………………………… 056

第三节 让"土特产"成为"新引擎" ………………… 068

第三章
沃野织锦绣,生态治理构建了"大视野"

走在生态转型驱动乡村绿色发展新路径上,德格县通过实施生态修复、环境保护和可持续发展战略,乡村生态环境得到显著改善,吸引了众多游客和投资者,带动了生态农业、乡村旅游等绿色产业的蓬勃发展,展现了生态与经济双赢的美好前景。

第一节 "好风景"变成了"好前景" ………………… 078
第二节 "旧村庄"变成了"新家园" ………………… 089
第三节 "生态碗"变成了"旅游饭" ………………… 102

第四章
幸福踏歌来,文化创新焕发"大繁荣"

重视文化是乡村振兴的必由之路,能让乡村绽放出独特魅力,实现可持续的繁荣发展。在德格这片土地上,古老的文化传统与现代社会相互交融,以开放的心态迎接时代的变迁,奏响乡村振兴之旅的磅礴乐章。德格县在实施文化传承和保护时,更不忘在文化绵延中助推经济的腾飞。

第一节 乡村振兴,文化先行 ……………………… 110
第二节 文旅融合,特色打造 ……………………… 135
第三节 公共服务,为民增福 ……………………… 158

第五章
满目皆新景，组织合力撬动了"大治理"

> 人才振兴被赋予了前所未有的战略高度，成为推动乡村全面振兴的关键引擎；民族团结一家亲，筑牢了团结奋斗的基石；对口帮扶激活了"一池春水"；基层治理营造更加了良好的社会环境……

第一节　"头雁领航"党建引领风帆劲 …………… 180

第二节　解锁基层治理"新密码" ………………… 208

第六章
尾　声

> 在全球化气息日益浓烈的今天，德格县的乡村振兴要想走得更好、更远，就必须拥抱更广阔的舞台，以广阔辽远的视野、破釜沉舟的勇气、持之以恒的决心去拼搏和开创。展望明天，在耕耘中坚守希望，那希望，是坚定且蓬勃的，是让乡村振兴的梦想照进现实的神奇魔法。

第一节　全球视野与本土实践 ……………………… 236

第二节　耕耘在希望的田野上 ……………………… 245

后记 …………………………………………………… 254

CHAPTER 1　第一章

时代浪潮中，高原小城抓住了"大机遇"

第一节　四部十善之地

一、走进德格

在东经 98°12′~98°41′，北纬 31°24′~32°43′ 处的横断山脉褶皱间，德格县置身于此。多年来，这座高原小城从历史深处走来，在发展变迁中奔向远方。步履不停，它斩过荆棘、尝过酸涩，也见过繁花、享过甘霖。

今天，借助各种社交媒体，想要认识德格这方土地并不困难。当很多人觉得这是一座有趣的县城，就连县城名都很有趣时，我们不得不让思绪回到元初时期。

那时候，萨迦派第五代法王八思巴，途经德格，将德格第二十九代四郎仁钦选定为"色班"（法王膳食堪布），称其具有"四部十善"的品质和福分，赐名"四德十格之大夫"。从此，四郎仁钦即以"德格"作为家族名，地名随家族名称，命名为德格，县名便由此而来。

所谓"四部十善"，四部指法、财、欲、解脱；十善指近牧、远牧善草，建房、耕种善土，饮用、灌溉善水，砌墙、制磨善石，造屋、作薪善木。从这些充满智慧的词语中，我们可以窥见，古时候的德格十分重视农牧业。而到了今天，牧业为主、农业为辅仍然是德格县主要的经济发展模式。

德格县境总面积 1.1439 万平方千米，东与甘孜县毗邻，南与白玉县接壤，西与西藏江达隔金沙江相望，北与石渠县相连，处于川、青、藏三省区接合部，是长江上游水源涵养地，周边自然生态环境优良，拥有多个国家级生态保护区域，全县辖 10 镇 13 乡，政府驻地更庆镇距甘孜州府康定 588 千米，距四川省会成都 954 千米。

德格县隶属横断山系沙鲁里山脉，地形复杂，海拔 6168 米的最高点绒麦峨扎山峰与海拔 2980 米的最低点丁都桥麦曲河口隔山相望。加之全县相对高度 3188 米、平均海拔 4325 米，全境以雀儿山为标志，将全县分为东北、西南两大部分，其中东北部高，河谷宽阔平坦，土壤肥沃，属川西北丘状高原地貌；西南部低，河谷深切，地势高差较大，属于高山峡谷地貌。

独有的高度与地貌，造就了德格独有的气候。全县属大陆性高原季风气候，空气干燥、气温较低、冬长夏短，常年平均气温 6.7℃，最高气温极值 30.0℃，最低气温极值 -20.7℃。常年平均降水量为 623 毫米，多集中在 5 月至 9 月。境内霜冻冰雹频繁，降雪期早，日照较长，无霜期 115 天左右，年均日照 1966 小时。

享有这些气候禀赋的同时，一些极具地方印记的资源也为德格扩容提质。

首先是水资源。德格境内江河纵横，湖泊、堰塘星布，水域面积占全县总面积的 0.84%。县域内主要的河流有雅砻江和金沙江，雅砻江水系的 12 条支流径流总量 15.8 亿立方千米，金沙江水系的 5 条支流径流总量 12.4 亿立方千米；玉龙拉措（新路海）、错通三联湖、尕柯措玛等湖泊锦上添花，其中，玉龙拉措还是我国最大的冰川终碛堰塞湖。

其次是生物资源。170 余种野生动物和 500 余种中藏药野生植物药材构成了丰富多元的德格生物圈。

再次是土地资源。其中，林草田资源又分为总面积 5394.49 公顷的耕地、60.41 公顷的县域园地、占全域面积 43.01% 的林地、集中连片的天然牧草地等。矿产资源则由 17 个矿种（包括地下水）、63 处矿产地构成，铜、铅、锌、镍、钒、钨、汞、锡、金、银等矿产资源分布较广。

最后是文化资源。德格文化底蕴厚重，是南派藏医药发源地，传统民间手工艺技艺、十八军进藏红色历史文化等独具特色，"康巴文化中心""格萨尔王故里""南派藏医发祥地"三大文化旅游品牌愈加响亮。与此同时，德格县州级以上非遗项目共计 90 项，其中涉及联合国教科文组织世界非物质文化遗产名录 4 项，涉及国家级非物质文化遗产 9 项，涉及省级非物质文化遗产 10 项，州级非物质文化遗产 67 项。州级以上各类非遗传承人共计 367 人，其中国家级传承人 4 人，省级传承人 14 人，州级传承人 249 人。同时，德格县拥有全国文物保护单位 2 个，省级文物保护单位 6 个，省级古籍文物保护单位 1 个，州级文物保护单位 14 个。

随着全域旅游战略的走深走实，德格的旅游资源逐渐从"幕后"走向"台前"，迎来了百花齐放的时刻。一方面是自然风光大放异彩。德格县域内自然旅游资源丰富，拥有雪山冰川、高原湿地、原始森林、自然草原、天然温泉、高山峡谷等众多自然风光，自然景观丰富、景色优美，其中自然保护区6个、自然公园3个。另一方面是历史文化景观独具特色。德格县拥有历史文化名镇更庆镇，八美村、牛麦村、曲池西村三个国家级传统村落，以及中国现存最大的藏文印经院德格印经院和分布在其他乡镇的八邦寺、竹庆寺等历史厚重的人文景观。

综观上述内容，德格的整体情况乐观，然而用GDP衡量它的最终发展成果时，一些不足依然存在。即便经过中国农村扶贫开发工作的落地落实，全县消除了绝对贫困，但当拥有划时代意义的脱贫攻坚战拉开序幕时，按照明确精准扶贫、精准脱贫的基本方略，2014年，德格县还是精准识别出了贫困村102个，贫困人口5637户23 549人。在这组数据背后，则是德格县基础设施落后、住房条件困难、产业发展滞后、群众收入有限的真实写照，因此，德格还一度成为甘孜州的"贫中之贫、坚中之坚"。

如何斩掉前进路上的荆棘？德格县紧紧围绕脱贫攻坚主线，抓实"精准帮扶"的核心要义，充分发挥党员干部在脱贫攻坚中的主力作用，深入群众中排查摸底，结合德格实际，着力开展脱贫攻坚工作，高效推进脱贫攻坚政策落地落实，累计投入62.47亿元，实现102个贫困村退出，5637户23 549名贫困人口脱贫，彻底消除绝对贫困，取得了脱贫攻坚"甘孜州11个最"的好成绩。

随之而来的是产业扶贫写出"大文章"、易地扶贫搬出"穷窝子"、城乡面貌换上"新样子"……一幅幅令人赞叹的画面汇成了德格县突飞猛进的新图景。到了2020年2月，经省政府批准，德格县正式退出贫困县序列。至此，德格人民又一次凝聚起实现中华民族伟大复兴的强大力量。

在脱贫攻坚的洗礼下，德格的贫困顽疾不再根深蒂固，德格人民也迎来了砥砺奋进的新征程。截至2020年底，全县GDP迎来跨越式增长，全年完成地区生产总值164 290万元。相较于昔日的德格，这份成绩固然是可喜可贺的，不过要彻底消灭贫困顽疾，德格还有很长的路要走。而具体这段路要走多久，我国的"两个一百年"奋斗目标早就指明了方向。于是，紧跟中国共产党的领导，德格县打开了"乡村振兴"的新纪元，按照由上至下的部署安排，这个新纪元既是德格县巩固脱贫攻坚成果的关键，又是高质量推动全县发展的新起点。

明确了乡村振兴的意义，德格县便动身找寻巩固拓展脱贫攻坚成果和推进乡村全面振兴的"密码"。当然，找寻绝不是无头苍蝇般乱碰乱撞，而是深入的思考、全面的调研、大胆的预设等缺一不可。根据我国乡村振兴战略"三步走"的时间表和"五个振兴"的核心要素，德格县率先解答了"为什么要进行乡村振兴"这一疑问。

我国改革发展到今天,已经处于新的历史方位。改革开放之后,中国共产党对国家的发展作出了战略安排,即"两个一百年"奋斗目标。党的十九大对我国社会主义建设发展现阶段的中心任务作出了重大决策,那就是"中国特色社会主义进入新时代,我国社会主要矛盾已经转化为人民日益增长的美好生活需要和不平衡不充分的发展之间的矛盾"。

习近平总书记明确指出:"我国发展最大的不平衡是城乡发展不平衡,最大的不充分是农村发展不充分。"由此可见,"不平衡不充分"的问题不仅制约农业农村的发展,也制约城镇化水平和质量的提升,进而影响我国经济社会发展全局。要杜绝这些不良影响的出现,使农业农村与城镇协调发展,是我们必须完成的重大任务,乡村振兴是我们必须推进的战略部署。

整个国情如此,作为祖国母亲怀抱中的一员,德格县要进行乡村振兴的缘由便清晰了。

2021年8月,根据党的十九届五中全会精神、中央农村工作会议精神和《中共中央 国务院关于实现巩固拓展脱贫攻坚成果同乡村振兴有效衔接的意见》安排部署,中共中央办公厅、国务院办公厅印发有关文件,西部10省区市综合考虑人均地区生产总值、人均一般公共预算收入、农民人均可支配收入等指标,统筹考虑脱贫"摘帽"时序、返贫风险等因素,结合各地实际,确定了160个国家乡村振兴重点帮扶县,其中包括德格县。当时,《关于支持乡村振兴重点帮扶县巩固拓展脱贫攻坚成果 接续推进乡村全面振兴的实施意见》提出三个着力点：巩固拓展脱贫攻坚成果、增强自我发展能力、加快促进社会发展和文明进步。

迈进160个国家乡村振兴重点帮扶县名单，让德格县进一步明确了乡村振兴的发力点。

德格县委书记昌呷次称表示，乡村振兴是实现中华民族伟大复兴的一项重大任务，德格县将坚持以习近平总书记关于"三农"工作的重要论述为引领，立足县域实际，实施乡村振兴战略，努力把德格打造成为"乡村振兴新样板、城乡融合新试点、乡村旅游新典范"，实现经济社会高质量发展，增进民生福祉，向党的二十大献礼！

德格县原县委副书记、县长方一舟认为，乡村振兴是以习近平同志为核心的党中央着眼战略全局作出的一项重大决策部署，省委、州委多次就纵深推动巩固衔接工作取得的新成效作出安排部署，作为全州8个国家乡村振兴重点帮扶县之一，德格县务必进一步提高政治站位，清醒认识当前的严峻形势，坚决做到"两个维护"，克服盲目乐观、麻痹大意的思想，为接续推进乡村振兴、实现共同富裕打下坚实基础。

德格县委副书记、县长次称叶西指出，要充分认识到抓好巩固拓展脱贫攻坚成果同乡村振兴有效衔接的极端重要性、艰巨性、紧迫性，特别是在脱贫"摘帽"后绝不能在思想上出现麻痹松懈、行动上出现懒惰拖延，要坚持目标导向、问题导向、结果导向，全力以赴抓整改，高标准、高质量推进巩固拓展脱贫攻坚成果同乡村振兴有效衔接工作。

在正式开启乡村振兴大幕前,学理论、转观念、出思路成为德格县的日常。德格县深知,落实好乡村振兴,准确把握国家战略的全局性和前瞻性是关键,其对全县实现可持续发展、全面提升发展质量的重要性是不可替代的。在德格县看来,国家在制定乡村振兴战略时,充分考虑了全国的经济、社会和环境等多方面因素,能够为自己提供宏观的发展方向和目标。全县紧跟国家战略,可以避免盲目发展,少走弯路,确保自身发展与国家整体发展规划相契合。同时,紧紧依靠国家战略,可以获得更多的外部支持,解决自身资源不足的问题,并且在国家统一战略指导下,自己还能和其他地方进行协作交流,实现优势互补,共同推进乡村振兴。此外,紧跟国家战略能够提升发展竞争力、优化产业结构、提升产品和服务质量、增强市场竞争力,从而更好地实现经济增长和群众增收。

2017年12月,习近平总书记出席中央农村工作会议并发表重要讲话,会议明确了乡村振兴的时间表,即2020年,乡村振兴取得重要进展,制度框架和政策体系基本形成;2035年,乡村振兴取得决定性进展,农业农村现代化基本实现;2050年,乡村全面振兴,农业强、农村美、农民富全面实现。2018年3月,习近平总书记在参加十三届全国人大一次会议山东代表团审议时又提出了"五个振兴"的乡村振兴路线图,产业振兴、人才振兴、文化振兴、生态振兴和组织振兴,构建起了乡村振兴的

"四梁八柱"。之后,《乡村振兴战略规划(2018—2022年)》提出产业兴旺、生态宜居、乡风文明、治理有效、生活富裕的总要求;2021年中央一号文件提出"民族要复兴,乡村必振兴",解决好"三农"问题,以及坚守国家粮食安全、不发生规模性返贫两条底线;《乡村建设行动实施方案》提出确保到2025年,乡村建设取得实质性进展,农村人居环境持续改善,农村公共基础设施往村覆盖、往户延伸取得积极进展,农村基本公共服务水平稳步提升,农村精神文明建设显著加强……

二、挑战与机遇

一系列的文件精神既明确了作战路线,又将各阶段、各区域的任务划清划细,为全国乡村振兴的推进凝聚起强大的合力。此种背景下,德格县的乡村振兴如约而至,与之应运而生的是一些前所未有的挑战和机遇。

"要点广,问题多,难度大!"在历史欠账和多种因素的制约下,刚开始着手乡村振兴工作的德格县也一度一筹莫展。逐一剖析存在的短板,经济增速起伏较大、产业结构单一、土地资源转化率低、资金缺乏、基础设施建设不足、公共服务差距大、专业人才匮乏等都是德格县亟须直面的挑战。

在经济增长方面,德格县显示经济总量居甘孜州中位,但GDP增速起伏较大,2018—2021年平均增速8.75%。其中2021

年增速6.5%，低于甘孜州平均增速8.0%。2021年，德格县人均地区生产总值1.9万元，城镇人均可支配收入3.5万元，农村人均可支配收入1.4万元。其中：农村人均可支配收入低于甘孜州平均水平1.5万元；增速7.84%，低于甘孜州平均增速10.1%。

在产业发展方面，德格县三大产业为地区生产总值所作的贡献占比是不平衡的。第一产业虽趋于稳定，但增长空间相对较小，农牧业生产经营方式较为传统，集约化、产业化程度还较低，加上创新意识不足，农产品附加值低。例如，2022年全年粮食产量10 439吨，同比下降0.2%；牛奶产量9 614吨，同比下降7.9%。第二产业缺少龙头企业带动，"规上"加工企业数量少，在2022年完成的工业增加值4 163万元，仅占地区生产总值的5.9%。同时，工业企业呈现小而散的特点，对GDP的贡献率有限；采矿业管理不够规范，存在数据流失现象；建筑业主要依靠政府性投资。第三产业占比大，但主要由非营利性服务业支撑，受政策因素影响大，发展后劲欠缺，比如2022年第三产业完成109 681万元，占地区生产总值的59.4%，其中非营利性服务业占比达78.6%。限额以上商贸单位量少质弱，缺乏龙头企业带动。又比如，截至2022年底，全县没有限额以上的批发企业，家庭经营式的商贸单位对社会消费拉动力小。

在土地资源转化方面，一方面，土地开发利用程度不足，尽管德格县拥有丰富的土地资源，其中林、草、田资源和矿产资源各具特色，但仍存在未被充分开发或合理利用的土地，这也直接导致了全县土地资源未能发挥其最大的经济和社会效益。另一方面，部分土地的基础设施配套不完善，土地利用规划和管理不科学。比如，一些农用地缺乏良好的灌溉、排水、交通等设施，影响了土地的生产能力和利用效率；部分草地缺乏有效的围栏设施和监测设备，影响草地的监测评估、合理利用和保护；加之土地利用规划和管理方面不够科学合理，导致某些土地的功能定位不明确，影响了资源的有效配置。

乡村振兴需要"真金白银"的支撑，如若不然将寸步难行。在资金方面，德格的乡村振兴可以归纳为产业发展资金、基础设施建设资金、教育和医疗资金、人居环境整治资金、人才培养和引进资金、文化保护和传承资金、生态环境保护资金等。比如，道路交通、水电通信、农田水利等基础设施的完善和新建不仅工程量大，而且成本高昂；发展特色种植养殖、乡村旅游、农村电商等新兴产业需要厚实的启动资金；保护生态环境、改善村容村貌，需要相应的资金投入；学校、医院、文化活动场所，配备专业人员和设备没有资金投入，就无法满足群众日益增长的美好生活需要。而令人揪心的是，2021 年，德格县完成地区生产总值 174 593 万元；2022 年，德格县完成地区生产总值 184 557 万元；2023 年，德格县全年地区生产总值首次迈上 20 亿元台阶。虽然这些数据呈现上升趋势，但面对乡村振兴各领域的巨大资金需求，德格县还是倍感压力。

作为推动乡村全面振兴和共同富裕的重要基础，基础设施建设不容忽视。打赢脱贫攻坚战后，德格的基础设施建设迈上了新台阶，不过离满足人民日益增长的美好生活需要还是有一定的距离。

交通方面，德格对外交通主要依靠 G317、G215、S456 和格萨尔机场，格萨尔机场距离德格县城约 152 千米，需 2.5 小时车程，全县主要依托 G317 与区域中心城市联系，受区域辐射能力弱；而德格对内交通主要依托 S217 和 G317，部分乡镇之间交通不便，道路等级不高，部分乡镇甚至公路交通不可达，再加上德格县特殊的地理气候，冬季道路经常积雪结冰，交通维护成本高且难度大。

供水方面，首先是德格县水资源存在时间和空间分布不均的情况。从时间上看，降水量主要集中在 5 月至 9 月，存在明显的季节性差异，导致冬季和早春时期径流量减少，可能出现季节性缺水、枯水期停水频繁。从空间上看，德格县东北部高，河谷宽阔平坦，土壤肥沃，古夷平面保存完整，属川西北丘状高原地貌；西南部低，河谷深切，地势高差较大，属于高山峡谷地貌。其次是水资源浪费和水源地保护不够。在日常生活和农业生产中，农业灌溉方式落后、居民节水意识不强等导致水资源浪费。同时，个别水源地存在保护管理缺失问题，水源地周围可能出现河道倾倒垃圾、违规排污、开设砂场、畜禽养殖等违规行为，这些都可能影响水源水质。最后是水资源开发利用难度大。德格县地处高原山区，地形复杂，修建水库、引水工程等基础设施建成本高，技术要求也较高。

电力方面则是供电不稳定和电网老化。虽然脱贫攻坚期间德格县的电力和电网覆盖率都达到了较高水平，但随着乡村经济的发展和人们生活水平的提高，电力需求会不断增加，部分地区在用电高峰时段或特殊天气条件下，可能会出现电压不稳定的情况，影响电器设备的正常使用；一些相对偏远或发展较快的地区，电力设施的建设和改造需要进一步加强，以满足新增的电力需求。此外，电网设施可能存在老化、维护不及时的问题，从而引发故障导致停电，影响供电的稳定性和可靠性，其维护和管理也需要持续加强。受电力和电网影响，德格县部分地方的通信也被干扰，不稳定的网络信号覆盖既影响了群众及时的信息交流，更不利于电子商务的发展。

此外，德格县公共服务方面存在的短板也是显著的。教育方面，部分乡村学校的教育资源相对匮乏，存在师资力量不足、教学设备陈旧等问题；医疗方面，乡村医疗设施和医疗技术水平有待提高，部分乡村卫生院难以进行复杂疾病的诊断和治疗；文化方面，乡村公共文化活动场所和设施相对较少，文化活动种类和频率无法满足群众需求，且公共文化功能不完善，传统的单向供给模式受地广人稀等条件制约，导致文化活动难以进入千家万户。

进入新的发展阶段，加快农业农村现代化，人才供需矛盾突出成为德格乡村振兴又一大挑战。首先，乡村地区人口基数相对较小，受过高等教育和专业培训的人才数量有限，难以满足乡村振兴各个领域的需求，导致人才总量不足。其次，现有人才中农业技术、经营管理、电商营销、文化创意等方面的专业人才较为缺乏，而传统生产领域的人才相对较多，导致人才结构不合理。最后，德格县地处偏远，交通不便，经济发展相对滞后，工作和生活条件相对艰苦，人才引进困难、人才流失常有。

置身"两个一百年"奋斗目标的历史交汇期，要尽早尽力完成乡村振兴的目标任务，德格县在深刻认识面临的挑战的同时，也步入了育新机、开新局阶段。积土为山，积水为海，当这些机遇共同汇集，德格的乡村振兴便走上了自觉、自信、自强的大道。

乡村振兴的全面推进，为德格带来了极具价值的政策机遇。在国家层面，国家加大了对农村基础设施建设的投入，为德格县改善交通、水利、电力等基础设施提供了资金和政策支持；同时国家出台的各类扶持政策，有助于德格县社会经济发展。在四川省层面，积极推进"一干多支、五区协同"区域发展新格局，为德格县在产业协同、区域合作等方面创造了机遇，加之四川省大力支持民族地区的教育、医疗等社会事业发展，为德格县提升公共服务水平提供了政策保障。在甘孜州层面，文旅融合、生态保护和绿色发展等方面的政策，重点支持了德格文化旅游产业发展，并助力了德格县守护好生态资源、实现生态价值转化。

乡村振兴为德格县特色农业发展、产业融合、产业集聚和品牌建设、市场拓展等方面提供了诸多契机。乡村振兴鼓励因地制宜发展特色农业，推动农业的精细化和专业化，德格县可以重点发展青稞、藏药材等高附加值的特色农作物种植，通过引进先进的种植技术和管理经验，提高产量和品质，打造具有地方特色的农产品品牌，并实现农业与第二、第三产业的融合发展，比如依托农业景观和农村生态环境，发展观光农业和乡村旅游，增加群众收入。此外，乡村振兴政策引导产业集聚发展，形成规模效应，德格县可以建立特色农产品加工产业园区，吸引相关企业入驻，实现农产品的深加工和增值，共同打造"德格特色产业"区域品牌。同时，乡村振兴带来的消费升级和市场需求多样化，为德格县的特色农产品提供了更广阔的销售渠道，加上互联网的普及和电商平台的兴起，为德格县的农产品销售和特色手工艺品打开了更广阔的市场，各类有机农产品可通过电商平台进入大城市的市场，满足消费者对健康、绿色食品的需求。

乡村振兴还为德格县的生态资源开发带来了多元化的机遇，通过合理规划和科学开发，乡村振兴能够实现生态保护与经济发展的良性互动。

生态旅游发展机遇上，乡村振兴战略将促进基础设施的改善，包括交通、住宿和餐饮等，为生态旅游的发展提供必要条件。德格县可以开发徒步旅行、生态观察、野营等生态旅游项目，吸引游客体验高原风光、森林生态、河流景观等，并通过发展生态旅游，带动当地民宿、农家乐等服务业的发展，增加群众收入。

特色生态农产品开发上，乡村振兴政策支持农业产业升级，加强农业科技创新和品牌建设，为特色生态农产品的开发创造了有利条件。德格县可以发展高原有机蔬菜、特色水果、优质畜牧产品等，通过建立标准化生产基地、完善质量追溯体系，打造具有德格特色的生态农产品品牌，提高农产品附加值。

生态能源开发上，乡村振兴战略鼓励发展清洁能源，以满足农村生产生活的能源需求，并促进能源结构的优化。德格县可利用丰富的太阳能、风能等可再生能源，为当地提供清洁电力，同时减少对传统能源的依赖、降低能源成本，保护生态环境。

生态文化传承与开发上，乡村振兴重视文化振兴，为生态文化的传承和开发提供了政策支持和资金投入。德格县可以通过对生态文化的挖掘、整理和宣传，将生态文化与旅游、教育等产业相结合，推动生态文化的传承和发展。

生态修复与保护产业发展上，乡村振兴战略强调生态宜居，对生态修复和保护提出了更高要求，从而带动相关产业的发展。德格县可以发展生态修复、水土保持、生物多样性保护等项目，吸引专业人才和企业参与，提高生态系统的稳定性和服务功能。

生态康养产业发展上，乡村振兴推动公共服务设施的完善，为生态康养产业提供了基础保障。德格县可以建设生态康养基地，提供养生保健、康复疗养、休闲度假等服务，吸引城市居民前来享受生态康养服务，促进当地的经济发展。

独特的民族文化和民俗风情是宝贵的财富，通过挖掘和创新，能发展文化创意产业，推动德格文化旅游融合发展。乡村振兴开展以来，德格县文化遗产保护、文化设施建设、文化产业发展等方面均迎来了新机遇。在乡村振兴过程中，通过开展摸底统计、获取典型经验、推进融合等方式，全县非遗保护和传承迈上新台阶。2024年5月，德格印经院院藏雕版更是成功入选联合国教科文组织的《世界记忆亚太地区名录》，一举填补了四川省在该名录中的空白，成为世界人民的共同记忆。同时，乡村振兴还助推了德格文旅的高度融合，各类文化旅游产业相继发展，特色品牌越擦越亮，文化地标日益显著。例如，麦宿镇作为传统民族手工艺之乡，已建成民族手工艺展览、展销、展示中心以及游客中心，并成功申报国家3A级旅游景区；开发土陶、木雕、牛毛绒编织等文化创意衍生品，实现了"指尖技艺"向"指尖经济"的转化；康巴文化博览园区集旅游观光、文化博览、传承、商务会展等多种功能于一体，不仅能推动产业结构转型升级，还能带动相关产业发展。此外，德格县文化的振兴还吸引了更多人才为文化传承与创新注入新的活力，例如，"海归女孩"达瓦卓玛毕业后回到家乡麦宿镇创办了德格宗萨宁达手工艺品有限公司，不仅带动了当地手工艺产业的发展，还培养了众多手工艺人。另外，德格县还通过建立中藏医药培训学校等方式，培养专业人才，推动了中藏医药文化的传承和产业振兴。

乡村振兴还为德格劳动力回流创造了诸多机遇。2023年中央一号文件对加强乡村人才队伍建设作出了具体部署。随着德格社会经济发展欣欣向荣，一些外流人才开始选择返乡创业或就业，为县域经济注入了新的活力，这直接使德格人才振兴有了新期盼。

其中，政府出台包括创业补贴、税收减免、贷款优惠等政策，为回流人才提供了资金和政策保障；交通、通信、互联网等基础设施的不断优化，使得德格县与外界的联系更加紧密，方便人才开展业务和交流合作，为电商、远程办公等提供了可能，拓宽了人才的就业和创业渠道；教育和医疗水平逐步提高，为人才解决了子女教育和家人医疗的后顾之忧；新的农业科技、信息技术等，为具备相关专业知识的人才提供了施展才华的空间，如智慧农业、农村电商直播等领域。

在信息全球化的当下，数字经济有助于实现农村经济、社会和环境的可持续发展，乡村振兴的推进为德格县数字经济渗透带来了便利，互联网和电商的普及，让小县城的特色农产品和手工艺品能够更便捷地走向全国乃至全球市场。当数字乡村成为共识，德格就会构筑起全县村民与世界的朋友圈。依托现代先进的互联网技术，德格能实现提高农民的生活水平和建立智能化文化、产业价值体系的目标，创造集综合防灾预警、休闲旅游文化体验、农牧产业发展、政务办公等多功能业态的环境。与此同时，利用乡村旅游平台和已建设的农村电商平台，"抖音""微信""快手""小红书""B站"等网络平台媒介，就能为德格挖掘本土网宣传造势。此外，开展"网络直播"专项职业能力培训，还能使本地村民形成网络宣传思维，借助网络销售直播带货。

长期以来，我国城乡在经济发展、基础设施、公共服务等方面存在显著差距，这制约了社会的整体发展和公平正义，需要通过推动城乡融合来解决，而乡村振兴无疑是一大解题良策。城乡融合是一个长期的过程，需要政府、社会和居民共同努力。在乡村振兴战略的实施过程中，德格县注重政策引导和支持，有力加强了城乡之间的交流合作。一是加强了经济结构的优化。发展特色农产品加工业、乡村旅游业，推动了经济持续增长，缩小了城乡经济差距。二是基础设施的完善。乡村振兴将全面改善德格县农村的交通、水电、通信等基础设施，这不仅方便了农村居民的生活，也有助于加强城乡之间的物资和信息交流，促进城乡经济协同发展。三是公共服务的均等化。乡村振兴使得农村在教育、医疗、文化等公共服务方面逐渐与城市接轨，更多优质资源和服务将覆盖农村地区，从而减少城乡居民在享受公共服务方面的差异。四是生态环境的保护。乡村振兴注重农村生态环境的保护和修复，必将使德格县的优美自然风光和生态资源得到合理开发和利用，这将成为城乡融合发展的重要吸引力。五是社会治理的改善。乡村振兴推动德格县农村社会治理体系和治理能力现代化，良好的基层治理将加强城乡之间的交流与合作，促进社会和谐稳定，为城乡融合发展创造良好的社会环境。

乡村振兴意味着更多的资源投入，道路的修建与改善将不再是遥不可及的梦想。曾经崎岖的山路，有望被宽阔平坦的大道取代，这不仅缩短了城乡之间的物理距离，更拉近了人心的距离，让德格县的人民能够更加便捷地走向外面的世界，也让外面的精彩能够更顺畅地走进德格。并且，交通进步是社会和谐与进步的基石，它能让教育、医疗等资源更有效地覆盖到乡村地区，提升人民的生活质量，利于大家共同迈向美好的未来。简单来说，乡村振兴的春风吹来，修建川藏铁路，本区域物流转运将让德格形成北速、南量两个节点。

北速：依托北部格萨尔机场，形成空运快速物流向。该机场距德格县城公路约 152 千米，按年旅客吞吐量 22 万人次、设计年货邮吞吐量 660 吨，飞行区等级 4C。北部围绕甘孜格萨尔机场和 317 国道，形成北向空运物流体系，主要针对要求安全、快捷以及贵重、轻便的货物运输，主要航空运输方式有班机运输、包机运输、集中托运和航空快递业务。马尼干戈结合农业产业园区现状，对物流集散中心进行优化，建设区域性物流枢纽中心。

南量：依托川藏铁路和白玉物流站点，形成大宗商品批量物流向。川藏铁路是中国境内一条连接四川省与西藏自治区的快速铁路，呈东西走向，东起四川省成都市、西至西藏自治区拉萨市，线路全长 1838 千米，设计速度 160～200 千米/小时。

川藏铁路是中国国内第二条进藏铁路，也是中国西南地区的干线铁路之一。它建成后，将承担起超过 48% 的进出高原客运量和 41% 的货运量，川藏铁路虽然没有经过德格县，但是川藏铁路白玉物流站点距离德格仅有97.3千米，2小时货运车程，并且与215国道衔接，整个货运或者客运线路非常方便，因此，德格可以在适宜区域建设区域物流中转服务中心。

2024年是实施"十四五"规划的关键一年，也是德格构建区域发展新格局、推动经济高质量发展的攻坚之年。展望新的一年，德格将迎来乡村振兴"规划图"变为"实景图"的新机遇，其中省委十二届四次全会的召开，对扎实推进城乡融合发展作出了重要部署，为县域发展提供了政策红利；全省扭住区域协调发展的最大短板，实施39个欠发达县域托底性帮扶工作，必将推动欠发达县域加速追赶，跨越发展；玉隆片区光伏项目的实施建设，加快形成了对全县经济发展的支撑作用；玉龙拉措景区的建成开园、麦宿片区的全域景区打造等为产业提升注入了新活力，发展潜能逐步明显……

要让2024年成为奋力追赶、硕果累累、可圈可点、令人期待的一年。2024年1月16日，在德格县第十四届人民代表大会第三次会议上，政府工作报告为德格未来的发展标绘了确切导向。会议指出，在奋力谱写中国式现代化四川新篇章的关键时期，必须保持定力、踔厉奋发、苦干实干，紧紧围绕目标任务，勇担历史使命，把责任担当转化为建设团结富裕和谐美丽的社会主义现代化新德格的实绩成效。

清楚了乡村振兴带来的挑战和机遇，德格县还根据自身实际，分析出了挑战与机遇之间的关系。一是相互依存。挑战往往孕育着机遇，没有挑战通常也难以产生显著的机遇。例如，全县产业技术瓶颈的挑战可能促使政府和企业投入研发，从而开创全新的技术领域和商业机会。反之，机遇的出现也伴随着一定的挑战，比如新市场的开拓可能面临激烈的竞争和未知的风险。二是相互转化。在一定条件下，挑战可以转化为机遇，机遇也可能演变为挑战，当德格县成功应对乡村振兴的艰难挑战时，所积累的经验、技术和资源可能成为未来发展的优势，原本的困境就变成了成长的机遇。而当德格县未能充分把握机遇，或者在机遇中忽视潜在问题，机遇就可能变成乡村振兴的阻碍和挑战。三是促进发展。挑战和机遇共同推动着个人、组织乃至社会的发展，面对挑战时激发的创造力和应变能力，以及抓住机遇所带来的资源和进步会相互作用，促使个体和社会不断提升和完善。

总之，面对乡村振兴的挑战和机遇时，正确认识和处理它们的关系是德格县在复杂多变的环境中实现持续发展和进步的"钥匙"。

在我国5000多年文明史的发展进程中，提及乡村，每个人都有或多或少的情感寄托，如今德格县乡村振兴工作进行得如火如荼，必将给予德格人民独属的情感记忆，这在德格的平日景象中便能追踪一二。比如，盛夏时节，走进田畴沃野间，党员干部接续奋斗、乡村产业蓬勃发展，景观景点村庄游人如织……一幅幅和美的乡村图景徐徐展开，让人对2035年，甚至2050年的德格都有了新憧憬。

第二节　画好乡村振兴"全局图"

一、起势之源

从康定出发，先后经新都桥、塔公、道孚、炉霍、甘孜等地，再溯雅砻江而上，抵马尼干戈、新路海、雀儿山隧道后，继续行进50千米左右就到了德格县城。一路上，层叠起伏的山峦、成群的牛马和明亮透彻的蓝天总是让人震撼并陶醉。

对于这份带给路人的陶醉，乡村振兴工作深入推进后，德格县在不经意间加深了这份陶醉的程度，让更多德格以外的人们认识德格，甚至爱上德格。当然，这个过程绝非一蹴而就，就如全县乡村振兴工作的久久为功非短期行为，更非空中楼阁。

于是，经过深入实地调研、明确发展目标、考虑自身实际、整合资源优势、分析市场需求、加强政策研究等环节后，《德格县乡村振兴总体规划（2021—2025年）》新鲜出炉，为德格县乡村振兴画好了"全局图"。而为了保障这些环节的稳定有序，德格县又开展了一系列的前期工作。

在这些工作中，建立机制是首要，为此，德格县成立了乡村振兴衔接资金项目专项督查工作领导小组，全面统筹、协调、推进和督促工作开展，坚持每月召开一次推进会、适时召开专题会推进工作落实。随后，从明确村级申报、乡级审核，到部门审查、县级审定、财政分配等，各大程序的明确让乡村振兴部门统筹职责，各司其职、形成合力，确保资金落到实处，效益发挥充分。

紧接着，精准谋划、精准投向、精准联动和强化指导继续为德格县乡村振兴"全局图"出谋划策。在精准谋划中，德格县坚持提前谋划、动态管理、规模适度，完善项目申报程序资料，严格按照"村申报、乡审核、部门论证、县级审定"程序，做到"自下而上"层层申报，"自上而下"层层审核，严格入库项目论证，确保申报项目发挥效益。在精准投向中，德格县坚持"集中财力办大事"，突出联农带农机制，资金投向侧重产业发展及产业园区建设。在精准联动中，德格县突出"长期培育、发挥效益"优选项目，从项目库中择优选择项目，匹配衔接资金，重点强化基础设施补短板建设项目，结合特色优势产业发展规划、旅游资源禀赋充分结合，确保项目的巩固性、持续性、带动性。在强化指导中，德格县制定《工程项目建设基本流程手册》，协调行业主管部门在确保质量安全前提下，分类加强项目指导督促，加快推进项目资金进度，确保资金项目管理提质增效。

翻开《德格县乡村振兴总体规划（2021—2025年）》，十大目录率先映入眼帘，它们排序不同、称呼不同、内容不同，却都是德格县建强乡村振兴战斗堡垒的基石。它们分别是发展条件研判、规划总则、乡村振兴总体格局、推进乡村产业发展、优化村庄分类、建设生态宜居乡村、推动乡村文化振兴、乡村支撑基础保障、完善乡村振兴要素保障和项目实施计划。这十大目录由表及里、由近及远地展现和预测了德格乡村振兴的"四通八达"。

与脱贫攻坚战不同，乡村振兴涉及范围更广、承载任务更重、实施难度更大，是一场持久战。从攻坚战到持久战的转变，体现的是我国"三农"工作重心的历史性转移——从集中资源解决贫困问题转向全面推进农村的可持续发展和现代化。在此基础上，德格县画好乡村振兴"全局图"时便格外注重走内生型的乡村振兴之路，全面深化农村改革，增强农村的内生动力和发展能力。

《德格县乡村振兴总体规划（2021—2025年）》的指导思想是全面贯彻中央和省委乡村振兴战略部署，牢固树立新发展理念，统筹推进"五位一体"总体布局、协调推进"四个全面"战略布局，按照"产业兴旺、生态宜居、乡风文明、治理有效、生活富裕"的总体要求，遵循乡村发展规律，坚持问题导向和目标导向，坚持农业农村优先发展，坚持人与自然和谐共生，促进农业农村现代化和美丽宜居乡村建设。按照德格县委县政府"1558"总体工作格局，以推动产业振兴、人才振兴、文化振兴、生态振兴和组织振兴为统领，提出2021—2025年县域乡村振兴发展的总体内容和重要举措，为建设团结、富裕、和谐、美丽的新德格贡献乡村力量。

《德格县乡村振兴总体规划（2021—2025年）》分为坚持以

人为本、因地制宜、优化布局；坚持彰显地方特色，尊重藏乡文化；科学分析、高效适度，逐年提升地区产业；共建共享、尊重藏族使用意愿，完善乡村公共设施四大原则。

在指导思想和规划原则的合力之下，德格县的乡村振兴规划将10个镇、13个乡、161个建制村都纳入了相应的范围内。这些镇、乡和村则是自2020年进行行政区划调整后至今，德格县11 439.28平方千米土地被划分后的具体分类。同时，根据2021年统筹推进四川省乡村国土空间规划编制和两项改革"后半篇"文章工作会议精神，德格县于2021年11月完成了县片区划分，将全县划分为6个经济片区，分别为马尼干戈牧旅商贸片区、阿须生态牧旅融合发展片区、麦宿生态及传统产业片区、更庆商贸文旅融合发展片区、温拖有机农业发展片区和俄支中藏药材加工片区。

确定范围后，德格县又着手乡村振兴目标的确定。根据德格国家级乡村振兴示范区建设总体思路，围绕县委县政府"1558"总体工作格局，德格县将重点放在：打造一批全产业链高原农牧产业，发展一批五星级旅游乡村，融合一批文化产业和乡村旅游业，建设一批数字化乡村，提升一批藏族美丽乡村聚落和确保一批村民持续增收（以下简称"六个一批"）。

当大小目标、近远目标都确定后，为尽早描绘好多姿多彩的振兴"全局图"，德格县上下一心，用众志成城同心干、撸起袖子加油干、久久为功扎实干奏响了奋进正当时的振兴乐章。

为了进一步做好乡村振兴工作，德格县又对上述重点定位中的"六个一批"进行了详细规划，具体如下。

"打造一批全产业链高原农牧产业"。涵盖"蔬菜现代农业园区""中藏药现代农业园区""马尼干戈现代牧业园区"等产业基地。2025年实现以牧业为主，以蔬菜和中藏药为辅的高原农牧业，形成全产业链业态，重点发展畜牧业产前引种示范培育、规模化圈养技术试验、饲草新品种引进示范；产中标准化饲草牧场建设、高标准集体牧场建设；产后重点发展方向以奶制品加工为主、肉制品加工为辅，并考虑与甘孜县加工企业飞地合作，考虑与成都高新区中高端餐饮合作形成特供原料渠道。此外，考虑中藏药、蔬菜产业产前、产中、产后的全产业链业态配置。

"发展一批五星级旅游乡村"。德格县主导产业为旅游业，当前旅游业态主要为过境旅游和为数不多的景区旅游，旅游红利没有展开至乡村，虽然现在已经有部分自驾游客前往阿须草原、卡松渡、麦宿和八邦区域进行徒步和探险，但是德格县乡村旅游发展仍然处于非常落后的阶段。本规划建议在近期结合旅游与乡村融合发展三种模式，围绕G317沿线和重点资源村落，通过完善旅游设施、挖掘旅游业态和资源、宣传旅游名片、激发乡村集体经济对乡村旅游接待和服务的活力，发展打造一批五星级旅游乡村。

"融合一批文化产业和乡村旅游业"。德格县拥有丰富和历史深厚的文化，如格萨尔文化、康巴文化、中藏药南派文化、噶玛嘎孜藏族手工艺文化、红色文化等，但是具体在乡村文化中的呈现比较弱，规划建议结合乡村文化振兴内容，充分发掘各个区域乡村民俗、风俗，结合各个区域重点文化承载，实现重点文化向乡村渗透，乡村民俗文化逐步突出，积极与乡村旅游或乡村产业进行融合。如麦宿手工艺产业与文化旅游融合、阿须格萨尔文化与牧区体验牧业产业融合、中藏药南派文化与温泉药浴药膳健康融合等。

"建设一批数字化乡村"。数字化乡村建设重点体现在现代化的服务体系中，围绕互联网和乡村数字化平台，使得产业服务、公共服务、养老教育、健康保障等形成线上线下共同服务的新局面。在完善先行启动村庄的基础设施和公共服务设施后，结合乡村需求和重点村保障在区域中心村考虑一批数字化乡村建设项目。

"提升一批藏族美丽乡村聚落"。结合G317线路和村分类情况，针对那些近期有发展乡村旅游产业计划的村落，对其聚落进行整体提升，包括人居环境综合整治、建筑风貌改造及村庄生态环境和绿化提升，重点建设一批可以对外服务的藏族民宿、精品乡村酒店。重点区域可以考虑：八邦乡、麦宿镇、马尼干戈镇、柯洛洞镇等旅游重要村庄。将人居环境改造与乡村旅游和产业统一融合，建设可持续更新的美丽乡村。

"确保一批村民持续增收"。乡村振兴的根本目的在于村民致富增收，因此要结合产业发展和重点产业项目建设考虑组织振兴，考虑与当地村民形成利益链接机制，所有项目不单单是"输血"建设，更重要的是带动村民参与到产业、旅游、文化的持续发展中来。因此要重点结合项目考虑增收机制、利益链接机制和组织模式。

至此，乡村振兴的"全局图"已大致清晰了，但德格县并不打算止步于此。根据县委县政府"1558"总体工作格局及各区域资源禀赋和产业发展特征，经乡村振兴管理部门和县委主要领导研讨，为全面推进德格县乡村振兴战略系统化落实，便于德格县加快农业农村现代化步伐，促进农业高质高效、乡村宜居宜业、农民富裕富足，确定德格县乡村振兴总体格局为"1355"，具体为1个核心集群、3个产业示范带、5个现代农业园区和5个乡村振兴单元。

"1个核心集群"就是结合畜牧大县实际，培育以马尼干戈为中心，辐射带动雀儿山以东牧区、全县牦牛养殖区域的高原牦牛产业集群。具体工作中，以德格县牦牛产业集群建设为契机，按照"规模化、集约化、标准化、生态化、智慧化"的要求，全力推进德格县牦牛现代农业园区建设和德格县现代草业园区建设，实现产业要素集成、项目建设集中、草牧生产集约，建立健全县域饲草"产加销"一体化生产体系及牦牛"肉奶"产品供给保障体系，"草肉奶"三加工体系健全，不断延长和提升产业链和附加值，实现全链条综合效益提高。同时，逐步做强德格牦牛及饲草品牌，凸显现代化草牧业质量效益和竞争力，将德格县打造成为川、青、藏地区畜牧产品供给保障中心、现代牦牛产业示范带动中心、康北草牧产业综合服务中心、康北牧旅商贸服务中心。

"3个产业示范带"是在具体工作中进一步提升"雅砻江有机农业产业示范带""金沙江特色粮经产业示范带""G317线农文旅融合示范带",形成全县沿主要流域和交通干线"双十字"形的轴线带动和示范。

首先,依托雅砻江冲积平原沉淀的万亩耕地,重点在温拖、年古、中扎科乡,持续推动蔬菜现代农业园区建设,扩大绿色蔬菜生产面积;完善高标准农田及灌溉水利设施建设,健全冷链仓储及物流配送设施;推动农产品精深加工产业发展,延长产业链条,提高附加值,打造川青藏三省接合部重要的蔬菜保供种植带。

其次,利用金沙江河谷垂直地带差异和气候,集中沿岸5000亩土地,建设一批黑青稞及马铃薯基地、培育一批中藏药种植基地、孵化一批食用菌种植基地、实验一批特色林果基地,同时带动周边农户发展庭院经济。结合易地搬迁美丽新村建设,形成美丽新村与观光农业相互匹配的产村融合产业带。

最后,利用G317沿线丰富的文化旅游资源,将G317线格萨尔机场口至岗拖金沙江口并延伸至G215麦宿片区,沿轴线结合村域资源和景区带动重点建设一批乡村旅游村寨,将沿线"景区、园区、城区、特色集镇、美丽村寨"有机串联。

"5个现代农业园区"是立足德格县现有农产资源优势,依托现状产业发展基础和围绕蔬菜产业、肉（奶）产业、药产业、菌产业、手工艺五大优势产业，结合县域范围内的冷链物流体系建设，农村电子商务发展战略和全域旅游发展战略，建设五大现代农业园区。

其中，马尼干戈牦牛乳制品加工现代农业园区以马尼干戈现有牛奶加工园区为圆心，拓展周边500亩土地，建成牦牛乳制品加工区、牦牛绒加工区、帐篷加工区、牛肉加工区、物流集散区、游客服务中心，打造集生产、加工、营销、休闲、观光、体验于一体的综合体。雅砻江（温拖—年古—扎科）粮蔬现代农业园区持续推动温拖蔬菜现代农业园区建设，扩大绿色蔬菜设施生产面积；完善高标准农田及灌溉水利设施建设，健全冷链仓储及物流配送设施；推动农产品精深加工产业发展，延长产业链条，提高附加值。到2025年，园区规模达到1.5万亩以上，园区总产值达到1亿元。

南派—麦宿中藏药材产业园区引进中藏药材规范化栽培示范基地建设，扩大中藏药材种植面积，实现藏医药文化深度体验。到2025年，县域中藏药材种植面积不低于5000亩；全面推进中藏药材种植、药剂加工、藏医人才培养、藏医文化体验等全产业链发展。

麦宿民族手工艺产业园区依托区域核心产业资源，以产业园区、传承基地等为载体，融入"旅游+"发展理念，结合自然风光，大力推动"传统产业+文旅+生态"多元化融合发展，将本区打造为集高原生态观光、非遗文化体验、藏医药康体疗养、乡村休闲度假、特色美食购物等多种功能于一体的藏族传统手工艺与藏医药文化深度体验旅游目的地和传统产业升级的先行区、生态旅游示范区。

马尼干戈虎掌菌加工园结合马尼干戈牧旅商基地建设，在马尼干戈建设德格虎掌菌加工园区，覆盖错阿、年古、柯洛洞、卡松渡、八邦、岳巴、达马等乡镇德格虎掌菌产区，争创一批拥有自主知识产权的注册商标，培育一批高品质、高附加值、高科技含量以及高市场竞争力、高价格、高收益的优势特色农产品。

"5个乡村振兴单元"是围绕两项改革"后半篇"文章和德格县片区划分方案与国土空间规划，考虑产业和乡村发展的空间落地和布局，按照产业相似、空间相连、城乡统筹确定马尼干戈高原牧业振兴单元、温拖有机农业振兴单元、俄—卡特色中藏药材振兴单元、麦宿民族手工艺振兴单元和更庆产城农旅融合振兴单元，到2025年时结合五大振兴单元先行启动50个乡村振兴示范村，确定"休闲旅游、新业态孵化、近郊融合、高原牧业、种植延伸、扶贫巩固"六大村庄分类，形成"区域单元—振兴乡镇—振兴村"空间一体化的振兴模式。

二、表象下的微妙之处

《德格县乡村振兴总体规划（2021—2025年）》是德格县

深思熟虑后的产物。在较完整地掌握这份"全局图"的"筋骨"后，继续深究那些细腻纹理，隐藏在表象下的微妙之处也就浮出了水面。

2021年，随着药泉小镇的开业迎客，柯洛洞乡措普村的泽仁青措得到了宝贵的人生礼物——在家门口就业。这对曾经靠着低保过日子的泽仁青措来说像是做梦一般，直到拿到每月2000元的工资收入后，她才发现生活真的改变了。如今，完成帮工、洗碗、切菜等工作，空闲之时，她回家看望儿子也很方便。

而距离泽仁青措工作处不远的觉如牧场，照料着20头牦牛的拉西卓玛感到生活充实而有盼头。在这之前，拉西卓玛一家五口靠挖虫草和种蔬菜过日子，辛苦一整年，年收入超不过3万元。2021年6月，受聘照料觉如牧场的牦牛后，包吃住加上每月2500元的工资，光拉西卓玛一人的经济收入就非常可观。

从泽仁青措和拉西卓玛的故事延展开来，两位普通藏族女同胞的命运改变要归功于乡村振兴的推进。因为乡村振兴，德格县独木岭牧俗风情体验园区得以打造，"支部+合作社+龙头企业"的运营模式让当地群众就业增收有了前所未有的底气。

"我们没文化、没手艺，没想到还能找到离家近、能挣钱的好工作，乡村振兴是个好政策！"在泽仁青措和拉西卓玛的一声声感激背后，是德格县乡村振兴规划的高效统筹。早在乡村振兴规划的实地调研环节，德格县就考虑群众需求，动员基层干部、帮扶干部、驻村工作队员开展一次次走村入户大排查，就群众就业增收做到了情况明、底数清、举措实。

德格县乡村振兴局曾多次"亮底牌"——将群众就业增收纳入乡村振兴规划具有多方面的重要性，稳定的就业和持续的增收能够促进乡村产业的繁荣，形成经济发展的良性循环。这有利于巩固脱贫攻坚成果，确保已脱贫群众能够稳定就业、持续增收，为乡村振兴奠定坚实基础。并且，群众就业增收能增强乡村的吸引力和凝聚力，吸引外流人口返乡共同参与乡村建设。最重要的是，就业增收能提升群众的获得感和幸福感，满足群众对美好生活的向往，增强他们对乡村振兴的认同感和参与度。

从发展战略全局来讲，乡村环境的改善是推进乡村振兴战略的重要环节，对于实现全面建设社会主义现代化国家的目标具有基础性和支撑性作用。与此同时，乡村环境的改善是当下乡村发展的迫切需求，更是关乎乡村长远未来和国家整体发展的重要战略任务。认识到这个重要性后，德格县在进行乡村振兴规划时将改善乡村环境纳入了必要举措中。

"让老百姓过上好日子，是我们党不变的初心和使命！"近年来，德格县岳巴乡阿木拉村积极响应国家乡村振兴战略，大力推进农村房屋改善建设工作，全村住房"大换装"，安全、舒适的居住环境，使"忧居"变"优居"，让牧民群众享受到了实实在在的振兴红利。

阿木拉村离德格县城有 150 余千米，属纯牧业村。过去，住房条件有限一直是牧民们不愿过多提及的伤心事。随着乡村振兴工作的渗透，在坚持以人为本、充分考虑群众需求和意愿的基础上，安全舒适、美观实用的住房让全村面貌焕然一新。据统计，2022年，阿木拉村实施87户房屋新建，2023年统规统建分散安置29户，2024年预实施108户住房安置。

牧民群众纷纷搬进新居后，脸上洋溢的幸福笑容从未间断。更为重要的是，新居不仅为他们提供了舒适住所，更成为他们幸福生活的新起点。德格县委、县政府结合阿木拉村发展前景，着力保护生态与尊重牧区习俗并重，统筹规划水、路、电等基础配套设施建设，打造"散""集"结合的新时代牧区乡村振兴示范村，进一步提升群众生活品质。

2023年11月28日，四川省学习运用"千万工程"经验、建设宜居宜业和美乡村工作推进会议召开，省委书记王晓晖在会上指出，学习运用"千万工程"经验、建设宜居宜业和美乡村是一项系统工程，必须精心组织实施、务实有力推动。此次会议精神让德格县乡村振兴抓实乡村环境再度有了行进航向，其中"厕所革命"堪称代表性案例。

小厕所连着大民生、关系大文明。自乡村振兴工作开展以来，德格县坚持把农村"厕所革命"作为重要政治任务和民心工程来抓，积极引导群众转变思想观念，增强改厕意愿，因地制宜、科学规划、因户施策，以"厕所革命"助推人居环境整治提升，绘就一幅幅和美乡村新画卷。

走进八帮乡下白卡村村民泽甲家，宽敞整洁的新厕所里，热水器、浴霸、洗手台、冲水便池等一应俱全，全家人使用起来方便又卫生。泽甲介绍说，多亏了户厕改造政策，现在家里才有了干净整洁的卫生间，再加上自来水通到了院坝里，一家人再也不用像之前那样到很远的地方去挑水。随着厕所革命成为德格县助推生态文明美丽乡村建设的重要举措，和泽甲家一样实现生活便利的村民还有很多，在2023年，仅八帮乡下白卡村就有31户群众在"水冲式+三格化粪池"模式下，统规自建实施完成了户厕改造。

当然，住房安置和"厕所革命"是德格县乡村环境改善的两大缩影。一叶可知秋，乡村环境的改善是乡村振兴的重要内容和直观体现，通过观察乡村环境的变化，可以在一定程度上对乡村振兴工作进行把握。新鲜空气、纯净水源、优美自然景观、整洁人居环境等都是群众生活质量的重要保障。同时，一个环境优美、生态宜居的乡村又能吸引人才回流和外来投资，为乡村产业的发展创造有利条件。总之，乡村环境与乡村振兴相互依存、相互促进，前者是后者的重要切入点和有力推动器，而后者的实施也必然要求前者得到根本改善，最终两者会共同推动乡村实现全面发展和繁荣。

伴随德格乡村振兴各项独具特色且颇具成效举措的逐步施行，一些亟待解决的难题亦如影随形。它们不是凭空出现的，而是在改革发展的浪潮中不可避免地衍生出来的。它们似暗礁，会阻碍乡村振兴的巨轮全速前行，意识到它们的存在，德格县毫不犹豫在群策群力中攻坚克难。

每年5月是德格的农牧民群众投身于采挖虫草的繁忙时节。然而，乡村振兴工作的集中排查却陷入了重重困境。村民家中无人、通信信号不好都会直接影响工作的推进。这时候，创新集中排查机制，筑牢返贫致贫"防护网"的特色举措就尤为重要。

防止返贫动态监测帮扶是巩固拓展脱贫攻坚成果的基础和前提，也是预防和解决返贫致贫的有效举措。近年来，德格县深入贯彻党中央和省州委关于防返贫监测帮扶安排部署，立足县域实际，针对防返贫工作中的难点、盲点和薄弱点，认真总结经验，在工作实践中探索形成了"1+5+N"集中排查机制和"1234"工作体系，牢牢守住不发生规模性返贫底线。截至发稿前，全县累计纳入监测对象466户1977人，已消除风险269户1192人，未消除风险197户785人。

可能有人会好奇"1+5+N"集中排查机制和"1234"工作体系凭什么能让防返贫监测帮扶实现应纳尽纳、应帮尽帮。要透过这个表象窥见细微之处，德格县完全是"打得出粮食"！

"1+5+N"集中排查机制，即配强一支入户排查队伍，拓宽五条信息采集渠道和采取多种方法印证排查数据真实性。德格县县域面积大、人口居住分散，县级各部门（单位）抽调精干力量下沉至23个乡（镇），组建起规模化、专业化的排查队伍，并以行政村为采集网格，集中排查期间全覆盖开展入户排查工作。截至发稿前，入户排查队伍共有806人，集中排查期人员排查率实现100%。

针对群众流动范围和流向区域的不同，德格县按照县外人员电话视频访问、乡外县内人员异地跟踪上门访问、乡内人员错时入户访问、虫山人员专班流动实地访问、虫草采挖期在家农户常规访问五种途径采集信息，实现集中排查期群众信息采集真实、有效、全覆盖。

针对部分群众对收入瞒二说一、说不清享受帮扶政策情况等，德格县在开展入户核查前，组织县级行业部门整理归纳享受政策和领取补贴清单，分发至乡镇和采集队伍，直观印证农户家庭转移性收入和生产生活条件，并通过各种群众活动开展村民家庭情况相互评价，通过不记名调查问卷进行邻里家庭情况调查，多方验证核实农户家庭收支和生产生活条件真实性。

"1234"工作体系，即确立一个中心目标，明确两个识别认定，健全三项工作机制，以及成立四级覆盖网格。德格县聚焦农户三保障及饮水安全，推动助农增收"七大行动"工作，将不发生规模性返贫底线作为常态化监测帮扶工作中心目标。

在此基础上，德格县明确识别认定条件，以家庭为单位开展识别认定，重点关注农户三保障及饮水安全、收入支出等方面出现的问题，同时关注就医、就学、就业、产业等方面存在的实际困难和潜在风险，对依靠自身难以解决、存在返贫风险的农牧民拟纳入监测户，开展信息比对，并按照最新简化识别程序的四个步骤，快速识别响应，切实做到早发现、早干预、早帮扶。

为了建立健全精准帮扶机制，德格县坚持预防性措施和事后帮扶相结合，综合使用行业政策、各级财政衔接推进乡村振兴补助资金和社会帮扶力量，建立县级帮扶措施库，对监测对象开展精准帮扶。为了建立健全风险消除机制，德格县进一步明确风险消除条件，加强持续跟踪监测，确保稳定消除风险。建立健全工作奖惩机制，积极推行"双月通报"制度，对乡（镇）工作开展情况量化打分，每季度按得分排序，进行书面通报，将考核结果作为乡（镇）评先评优、评定等次、衔接资金分配的重要参考。

有趣的是，德格县"1234"工作体系中"123"都是在为"4"做铺垫，而"4"的终极目标则是让全县防止返贫工作迈上新台阶。因此，建立落实县、乡、村、片区四级网格化工作管理机制，主要为组建由县级分管负责同志、乡镇主要负责同志、村委会主要负责人、片区工委主要负责同志为网格长，县级各行业部门、乡镇分管同志为监管员，各部门、各乡镇具体负责同志为监测员，并将离（退）休老干部、农牧民党员等有文化、懂政策人员纳入监管员中，充分发挥党员干部在网格服务管理中的先锋模范作用，让农牧民群众参与到监测帮扶工作中来。

综上所述我们不难看出，《德格县乡村振兴总体规划（2021—2025年）》是目标与行动之间的桥梁，如黑暗中的灯塔，为德格乡村振兴指明了前行方向，避免其在未知中盲目徘徊。再次将焦点放在规划本身，我们可以看到它体现了德格县着眼全局、谋划长远的智慧，它对未来的前瞻性思考，是基于对德格县的准确把握和全面预判。这意味着对于乡村振兴这份伟业，德格县不是被动应对变化，而是主动塑造未来。此外，《德格县乡村振兴总体规划（2021—2025年）》还是理性与秩序的象征，它带领着德格县在纷繁复杂中保持清醒头脑，用逻辑和条理去打造乡村振兴样板，当然，《德格县乡村振兴总体规划（2021—2025年）》也是责任与担当的体现。当这份规划问世时，意味着德格县愿意为了实现乡村振兴目标付出努力和汗水。

CHAPTER 2　第二章

天堑变通途，产业新路畅通了"大循环"

第一节　唱响高原牧歌

一、劈波斩浪

在那片壮美而神秘的雪域高原之上，矗立着一座令人敬畏的自然丰碑——雀儿山，其巍峨身姿在《西藏公路交通史》的篇章中，被赋予了"五千三，飞鸟也难飞过山"的传奇色彩，无疑成了川藏公路东段最为惊心动魄的试炼场，五处险峻工程之首，名副其实的"川藏第一险"。

时光回溯至1951年，那是一个激情燃烧的年代，康藏公路（后更名为川藏公路，以成都为新的起点）犹如一条巨龙蜿蜒伸展，承载着和平与希望。在这条全长2255千米的征途上，英勇的十八军战士们，以"一边修路、一边进军"的壮志豪情，向雀儿山发起了挑战。1.2万名筑路大军，如同星辰般汇聚在这片冰封雪覆的土地上，他们面对的不仅是自然的严酷考验，更是对意志与信念的极限磨砺。

雀儿山，这个名字本身就带着一股不可言喻的凛冽与壮丽，它仿佛是大自然设下的一道天堑，让人望而生畏，却又心生向往。"爬上雀儿山，鞭子打上天。"这句流传已久的俗语，形象地描绘了攀登之难。

然而，在这片平均海拔超过5000米的高原上，恶劣的自然环境并未能熄灭战士们心中的火焰。他们笑言："我们住在云端之上，栖身于陡峭的山，气温低至零下三十摄氏度，连开水的沸点也只有七十摄氏度左右；但我们的劳动热情，却如同熊熊烈火，燃烧到了沸腾的顶点。"

铁锤与钢钎，成了他们最亲密的战友，在悬崖峭壁间开辟出一条通往希望的道路。汗水与血水交织，毅力与智慧并存。终于，川藏公路北线（G317线）穿越了雀儿山的重重阻碍，成功贯通。这不仅是一条公路的胜利，更是人类勇气与初心的胜利。

1954年12月25日，一个历史性的时刻被永远镌刻在了康藏高原的记忆之中——康藏公路正式宣告全线贯通。这一天，西康省人民政府副主席夏克刀登先生，以满腔的热忱与自豪，在《康定报》（今日《甘孜日报》的前身）上发表了题为《一条贯通康藏高原和祖国内地的血管》的深情文章。

在文中，夏克刀登深情回顾往昔道路之艰难。他说："过去，从自己的家乡，德格县玉隆骑马到康定，要花22天，可是我现在坐上吉普车，只要两天就到了。交通的闭塞，阻碍了藏汉两族间的交流与融合，筑路大军一路披荆斩棘，康藏公路犹如一条鲜活的血脉，将康藏高原与祖国内地紧密相连，极大地缩短了空间上的距离，也悄然拉近了人心的距离。"

岁月悠悠，六十余载春秋更迭，雀儿山的公路守护者们，如同接力赛中的运动员，一棒接一棒，用他们的青春与热血，守护着这条连接藏区内外的重要交通命脉。

其美多吉,这位坚毅的邮车司机,二十八个春秋以来,始终如一地穿梭在那条被世人誉为"鬼门关"的险峻之路上。作为国道天险上的一名常客,雀儿山隧道不仅见证了他职业生涯的艰辛与荣耀,更承载了他无数次的生死考验与心灵触动。隧道的建成通车,仿佛为其美多吉和他的邮车铺设了一条通往希望与安全的康庄大道,让那曾经令人望而生畏的雪坡与险道成为历史的记忆。

不过,随着时代的车轮滚滚向前,经济社会的蓬勃发展对交通提出了更高的要求。

雀儿山公路,这条曾经的"天路",逐渐显露出其高寒险阻、道路等级偏低、路窄弯急以及养护难度加大等问题,全年不息的凛冽寒风,让无数行者体验到了高原的严酷,通行效率与承载能力已难以满足日益增长的需求。

面对挑战,党中央、国务院高瞻远瞩,将打通雀儿山隧道列为国家重点工程建设项目。从2002年的方案论证与可行性研究,到2010年最终方案的确定,再到2017年9月26日的建成通车,历经十年的规划与建设,雀儿山隧道如同一个穿越时空的奇迹,展现在世人面前。它避开了3处雪崩路段和6处泥石流路段,曾经的"天险"与"鬼门关"被缩短至8.9千米,将原本需要两个多小时的艰难跋涉缩短为仅需十余分钟的穿洞之旅,极大地节省了以往至少两个小时的翻山时间,这不仅极大地提高了行车的安全性，更在无形中缩短了时空的距离。

通车那天，当地群众望着穿越隧道的中巴车，眼中闪烁着激动与喜悦的光芒。他们深知，这座世界海拔最高、长度最长的隧道，不仅是一项工程奇迹，更是他们通往幸福生活的关键通道。

可以说，雀儿山隧道的建成，是一项伟大的工程，每日最大可满足5000辆汽车通过的雀儿山隧道，不仅极大地提升了交通效率，更为德格县的经济发展注入了新的活力。德格的资源得以更加便捷地走出大山，外界的信息、人才、技术、资金也得以顺畅地涌入这片热土，为德格的发展注入了新的活力与希望。如今，在这片得天独厚却又偏居一隅的土地上，正迎来一个千载难逢的黄金时代，其美多吉和他的邮车也将继续在这条充满希望的道路上，传递着爱与希望的信息，见证着德格乃至整个甘孜州日新月异的变迁。

而这一切的变化，并未止步于公路的延伸。

两年后的2019年9月16日早上9时27分，由成都飞往甘孜格萨尔机场的首趟航班3U 8013顺利平稳地降落在海拔4068米的甘孜格萨尔机场，这个甘孜州的小县城又迎来了一种崭新的交通方式，开启了"飞翔模式"。

甘孜格萨尔机场的跑道，如同一座连接外界的空中桥梁，让这片雪域高原与世界更加紧密相连。对于需要往返成都的人来说，从十几个小时的车程缩短至一小时左右的飞行，无疑是一次革命性的飞跃。交通的便捷不仅为本地人带来了前所未有的便利，更吸引了大量外来游客的目光。

如今，甘孜格萨尔机场的跑道已见证了数千架飞机的起降，自航道开通以来，截至 2023 年底，甘孜格萨尔机场的旅客吞吐量已达到 196 578 人次，货邮吞吐量为 21.484 吨，这个雪域高原的新航站为县域的经济输入了新的血液。

望着那些起起落落的飞机，我们不禁感慨万分。从川藏公路的艰难开辟，到雀儿山隧道的成功贯通，再到航空时代的到来，这一切的变迁都见证了人类对自然挑战的勇敢回应与对人定胜天的不懈追求。而在这片雪域高原之上，那些关于勇气、智慧与希望的故事还在继续书写。

二、致富路修到了村里

"一桥飞架南北，天堑变通途。"

在广袤的农村地区，交通的便捷与否直接关系到当地的经济发展和生活水平，交通基础设施的建设对于乡村的振兴起着举足轻重的作用。

在《德格县国民经济和社会发展第十四个五年规划和二〇三五年远景目标纲要》里就提到了要实施交通先行战略，积极参与构建甘孜格萨尔机场航空服务圈，加快国省干道建设，推进产业道路建设，完善农牧区公路网络与客运体系以建设"四好农村路"为目标，提高农村公路的通达深度和通畅广度，大力加快交通基础设施建设，充分保障全县社会稳定、经济发展、民生改善、森林草原防灭火等需求。

以往，地势险峻、交通不便成了乡村发展的瓶颈。然而，随着一条条宽敞平坦的道路逐渐贯通，曾经的"天堑"如今已变成通途。道路兴则产业兴，交通条件的改善为乡村带来了前所未有的发展机遇。农产品的运输不再困难，村民们可以更加便捷地将自己的产品销往更远的地方，从而增加收入。与之应运而生的是，外界的游客也可以更加方便地进入乡村，体验别样风土人情，带动乡村旅游的发展，助力乡村振兴。

麦宿镇是德格县综合交通发展规划中的重要节点，作为联络线Ⅳ和二纵的交会处，正经历着前所未有的快速发展。

麦宿，这座镶嵌在四川省德格县翠绿怀抱中的珍珠，与西藏拉萨、甘肃夏河共同闪耀着"藏族三大古文化中心"的光辉，承载着千年的历史沉淀与文化的厚重。它是藏文化的活化石、传统与现代交织的梦幻之地，涉藏地区保留着传统藏文化与精湛手工艺的完美融合。

在这里，时间仿佛放缓了脚步。四周，群山巍峨，层峦叠嶂，云雾缭绕间，雪峰若隐若现，如同守护神般矗立天际，为这片土地披上了一袭神秘而庄严的银纱。然而，昔日麦宿的美丽，却因交通的闭塞而难以被世人所知，村里人想进一次县城需要骑马5天。

直到1992年，麦宿才终于通上公路。可路面狭窄、弯道密布，到县城采购生活必需品或出售自家的农产品，村民们往往需要耗费数小时，在颠簸与等待中周转。而沿途的白垭乡、岳巴乡，以及散布在群山之下的 12 个建制村，也同样承受着交通不便带来的种种不便与困苦。

随着新改建道路的启动，一切都发生了翻天覆地的变化。按照三级路的标准，这条全长 46.483 千米的公路，将路基宽度拓至 7.5 米，沥青混凝土路面更是达到了 6.5 米，确保了行车的安全与舒适。它宛如一条银色的绸带，轻盈地掠过山谷，串联起一个个散落的村落，将手工园、自然风光与人文景观紧密相连。

道路的畅通，为麦宿镇及周边地区带来了前所未有的发展机遇。农产品的运输难题迎刃而解，村民们再也不用为如何将自家的优质农产品运出大山而发愁。新鲜的蔬菜、精致的手工艺品，通过这条便捷的通道，迅速走向更广阔的市场，为村民们带来了实实在在的收入增加。同时，外界的游客也得以更加便捷地踏入这片神奇的土地，感受那份远离尘嚣的宁静与美好。他们在这里品味地道的藏餐，体验独特的藏族文化，欣赏壮丽的自然风光，为麦宿镇乃至整个德格县的乡村旅游注入了新的活力。

更为重要的是，这条道路的建成，还极大地促进了沿线乡镇之间的交流与合作。原本散落的村落，因为这条共同的纽带而变得更加紧密。信息共享、资源互补、产业联动，一系列的合作模式应运而生，为乡村的全面发展奠定了坚实的基础。近年来，麦宿开设了 27 个藏传工艺特色班，这些特色班包含了当地所有的手工艺传承，学生就近上学、学费全免，有的还包食宿。每一个班仿似一个小型的合作社，学生每样作品出售后，自己留 40%，其余 60% 供全班学生分享，农牧民群众的生活水平得到了显著提升，他们的脸上洋溢着幸福的笑容，对未来充满了无限的憧憬与希望。

如今，当我们再次踏上这片土地，目之所及，皆是生机勃勃的景象。麦宿镇及其周边地区，正以崭新的面貌，迎接着四面八方的客人。而那条蜿蜒在群山间的道路，则如同希望的河流，源源不断地为这片土地注入着新的活力与希望。在这条希望之路上，我们看到了物质层面的变化，更感受到了精神层面的升华。村民们开始更加爱护这片养育他们的土地，他们用自己的双手和智慧，共同守护着这片绿水青山，努力将其打造成更加宜居、宜业、宜游的美丽家园。

现在，德格县交通振兴正以前所未有的速度推动着旅游业的繁荣与城乡一体化的进程。深谙"交通先行"的重要性，德格县致力于打破基础设施瓶颈，以交通网络的完善为引擎，驱动经济社会全面发展。投资总额高达 4.7 亿元的重大项目，如阿木拉旅游公路与 G215 线洛须至柯洛洞段的即将竣工，不仅极大地改善了区域交通条件，还新增了 3 条客运班线及 20 辆客运车，为民众出行提供了更多便利选择，进一步促进了人员流动与物资交流。

竹庆镇，这座被三山温柔环抱、一水深情依偎的宁静小镇，自然风光旖旎，蕴含着深厚的文化底蕴与蓬勃的发展潜力。加之省道217线穿镇而过，为竹庆镇带来了便捷的交通条件与繁荣的经济机遇，使得这里的人口聚集度在全县中名列前茅。

但是，冬日里的竹庆镇却面临着严峻的考验。气温骤降，道路结冰成为常态，交通事故频发，尤其是大雪封山之时，通往偏远牧区的道路更是难行，只能骑摩托车或骑马，往返一趟耗时半日有余。海子山在雪季尤为引人注目，黄土路面在昼夜温差的作用下，白天泥泞不堪，夜晚则结成坚冰，成为交通事故的"温床"。小汽车不慎滑入沟壑，牵引车奋力救援却常感力不从心，导致车辆在海子山上排成长龙，形成一道独特的"风景线"。

这时候，被困的旅人与居民前无村落可避寒，后无市镇可求助，加之手机信号全无，只能徒步数千米至山下寻求帮助，其艰难可想而知。这一切随着2019年海子山隧道的通车而发生了翻天覆地的变化。隧道的开通不仅极大地改善了竹庆镇的交通状况，更使其交通枢纽的地位日益凸显，游客量激增，为文旅产业的发展注入了强劲动力。德格县党委、政府敏锐地捕捉到了这一历史机遇，决定乘势而上，进一步壮大集体经济，拓宽群众增收渠道。

一方面，竹庆镇凭借其丰富的天然温泉，绘制了一幅乡村振兴的绚丽画卷。天然温泉资源，为当地农牧民提供了冬日里的温馨慰藉，更成了他们摆脱贫困、迈向富裕的"金钥匙"。在此基础上，竹庆镇奋力追击，整合多方资源，兴建了奔康温泉酒店，极大地提升了竹庆镇的旅游接待能力与服务品质,让竹庆镇在文旅产业发展的道路上迈出了坚实的一步。

另一方面,竹庆镇打造服务中心、精品体验区、牛粪艺术区、黑帐篷营地等特色项目,丰富了旅游业态,提升了游客的参与度和体验感。这些举措促进了当地旅游业的快速发展,也为贫困户提供了更多的就业机会和创业平台,确保他们在稳定脱贫的基础上,能够持续增收致富,共享发展成果。

虽然在文旅产业方面发展得如火如荼,但竹庆镇也面临着市政基础设施滞后所带来的挑战,这一短板日益凸显,成为其持续飞跃的关键瓶颈。为了摆脱这一困境,德格县在"十四五"规划蓝图中,将市政道路改造工程纳入核心援助项目之列,旨在通过构建"四好农村路"的宏伟蓝图,从根本上提升镇区的交通面貌与通行品质。该项目总投资高达1.2亿元,分阶段精准投放,其中2023年度即投入3400万元作为先期启动资金,确保项目有序推进。

改造工程的核心在于对现有道路进行全面升级,计划将路面宽度拓至10米,以满足日益增长的交通需求,并新建次干路、支路共计6.714千米,进一步织密农村公路网络,让道路延伸至每一个角落。完成这些工作后,项目还将增设配套人行道、绿化带、给排水管网等基础设施。通过完善交通标志、增设安全护栏,以及在部分路段安装路灯,不仅提升了道路的实用性,更增添了乡村的宜居美感,道路标线的清晰施画,不仅确保了行车安全，也展现了农村公路的规范与秩序。

这精心策划与实施的举措，将竹庆镇的交通网络推向了一个全新的高度，在无形中提升了镇区的整体形象与吸引力。通行效率与安全性的双重提升，为农牧民群众打开了通往广阔世界的便捷通道，也为乡村经济的蓬勃发展铺设了坚实的基石。而这背后不仅是基础设施建设的简单升级，更是乡村振兴战略的深刻践行。

下一步，竹庆镇将继续依托其独特的自然资源与日益完善的旅游设施，深化文旅融合，促进产业升级，努力打造成为川西地区乃至全国知名的温泉旅游胜地。在这片充满希望的土地上，竹庆镇的人民正以饱满的热情和坚定的步伐，共同书写着乡村振兴的壮丽篇章。

在全面推进乡村振兴战略的宏伟蓝图中，农村公路的升级改造被赋予了前所未有的重要意义。截至2023年底，德格县以县城为中心、乡镇为节点、建制村为终端，健全客运、物流体系。全面贯彻落实路长制，实行"县道县管、乡道乡管、村道村管"，积极探索公路养护市场化路径，实施交通项目14个，巩固提升乡村道路70千米，新建产业道路23.48千米，并投入17 695万元，实施竹庆镇、错阿镇、麦宿镇市政道路改造工程，完成温拖镇市政道路改造工程前期工作。

这些工程，不仅是物理空间的拓宽与延伸，更是农村经济社会发展血脉的疏通与强化。在升级改造工作的深入推进中，农村公路实现了由"窄"到"宽"的华丽转身，曾经那些仅能容纳一辆车勉强通过的小路，如今已拓宽为双向车道，农村公路的弯道减少、坡度降低，有效缩短了城乡之间的时空距离，让"出门硬化路、抬脚上车"的梦想照进了现实。

在"通"到"畅"上，道路的全面优化与升级，为乡村旅游的蓬勃兴起和农村电商的迅猛发展做了铺垫，并极大地拓宽了这些新兴业态的发展空间。这一变革促进了乡村经济的多元化增长，更为乡村振兴战略的实施注入了强劲动力。现在，依托马尼干戈得天独厚的区位优势，德格县正积极构建川青藏三省接合部的区域性物流园区，这一战略部署旨在打造一个集仓储、加工、配送于一体的综合性物流枢纽。通过推动互联网与冷链物流的深度融合，德格致力于培育出一批具有核心竞争力、专业化程度高、规模效益显著的冷链物流企业。与此同时，德格县不断完善县、乡、村三级物流配送体系，通过科技创新和模式创新，努力解决物流配送"最后一公里"的难题。

如今，一辆辆满载着希望与梦想的货车，正穿梭在绿水青山之间，将乡村的特产与城市的需求紧密相连，让乡村的优质资源更高效地转化为经济价值。在这条幸福路上，乡村振兴的画卷是精神风貌的焕然一新，也是产业兴旺、生态宜居、乡风文明、治理有效、生活富裕的愈加美好。

第二节　集体经济和乡村"CEO"

党的二十大报告提出："发展乡村特色产业，拓宽农民增收致富渠道。"

在推动乡村全面振兴与农业现代化进程中，德格县致力于达成一系列深远而具体的目标，在"1+4"产业发展总体思路和"1588"总体工作格局的引领下，旨在构建具有鲜明地域特色的农业产业体系，如壮大一批具有显著地域标识和竞争优势的主导产业，这些产业将深植于当地的自然资源与文化传统之中，成为推动区域经济发展的重要引擎。

了解德格县的总体发展思路后，接下来的关键问题便是"1558"是什么。德格县官方人士介绍，"1558"指建设团结富裕和谐美丽社会主义现代化新德格"主擎推动"；聚焦党建、稳定、发展、生态、民生"五轮驱动"；聚力全国铸牢中华民族共同体意识示范县、全国民族团结进步示范县、国家生态文明建设示范县、全国市域社会治理现代化示范城市、国家全域旅游示范县"五创带动"；聚合反分维稳常态化、民族团结一体化、乡村振兴协同化、创新驱动赋能化、产业发展融合化、惠民共享精准化、社会治理法治化、生态文明建设立体化"八化联动"。

有了"1558"的支撑，现在的德格，四大特色产业——农牧产业、藏药产业、文化产业、旅游产业齐头并进，共同构建起了德格现代特色产业振兴体系。这一体系的建立，不仅保障了农产品的有效供给，也促进了四大特色产业的持续提升与农牧民收入的稳步增长。

在雀儿山的巍峨映衬下，德格县被巧妙地划分为两个截然不同的地理单元与自然经济区，宛如大自然的精妙布局。东部，一片广袤无垠的纯牧业地区，谷地宽广而开阔，水系如织，滋养着这片丰饶的土地。这里水草肥美，是牦牛与绵羊的天然乐园，牧民们世代沿袭着放牧的传统，与这片土地和谐共生。西部，山高谷深，地势险峻，草地与农田在这里交织成一幅独特的画卷。这里既承载着牧业的希望，也孕育着农业的潜力，形成了半农半牧的独特经济形态。

近年来，德格县依托自身自然条件的独特优势，秉持"宜农则农、宜牧则牧"的科学发展理念，精心布局，大力发展特色农牧产业。全县范围内，畜牧业占据主导地位，种植业作为有力补充，共同构成了德格县经济发展的坚实基石。在东部纯牧业地区，畜牧业得到了进一步的巩固与提升；在西部半农半牧区，通过科学合理的资源配置，实现了农牧业的协调发展。

针对农业经营规模普遍偏小、农产品数量多但品质参差不齐的短板，德格县积极寻求并找到了有效的破解路径——通过大力扶植和以特色优势产业为基础，推动农牧、藏药、文化、旅游融合发展，积极打造"党建+"特色品牌，让农牧民更多享受产业增值收益。

发展特色产业，更坚实地奠定了德格乡村全面振兴的基石。以特色优势产业为笔，德格描绘着"一村一品、一乡一业"的乡村发展新篇章。

坐落在德格县的东南部，马尼干戈镇地理位置独特，G317线、S456线、S458线如同彩虹般穿境而过，让其成为"出川进藏赴青"的必经之地。

在这里，夜幕如一位资深画家，轻轻挥洒银色笔触就勾勒出一幅幅雪山巍峨之境，而雪山之巅的星辰，如古老神灵守护着这里的人们。到了白天，高原草地似无边绿毯，与远处银白的雪山遥相呼应。

当然，马尼干戈的魅力远不止于此，在这里，温泉康养产业正悄然兴起。一座座温泉山庄，不仅让游客在旅途中得以放松身心，更让当地村民找到了致富的新途径。

德格土司康养神池温泉，是马尼村的集体产业，项目初期，村民们集思广益，充分利用当地得天独厚的地热资源，结合历史悠久的德格土司文化，精心打造了一个集休闲、养生、观光于一体的综合性温泉度假区，自其正式运营以来，已累计实现盈利19.5万元。

提到这个项目，村里的老乡无一不竖起大拇指称赞，从"靠水吃水"到"靠水生金"，这一转变不仅是经济模式的革新，更是马尼干戈人民智慧与勤劳的见证。

在政策的扶持和科学规划的引领下，马尼干戈镇正阔步走在乡村振兴的道路上。村民们满怀信心地投入"温泉+"产业的延伸中，用勤劳的双手"泡"出了好日子，让这份"热气腾腾"的幸福洋溢在每一个角落。

与此同时，德格县还依托丰富的旅游资源，打造民族手工艺销售平台，让游客在欣赏美景的同时，也能带走一份来自高原的精美礼物。玉龙拉措，清澈的湖水与流动的白云交相辉映，美得让人流连忘返。依靠玉龙拉措景区优势，措巴村打造了民族手工艺销售平台，并投入专项资金 80 万元，在各景区周边修建了 12 个民族手工艺销售门面，用于销售本土特产和手工艺品。

马尼干戈镇措巴村驻村第一书记白玛降称："措巴村有旅游资源，也有勤劳的村民，我们要利用现在的销售平台，为村民们拓宽收入渠道。"

在农业领域，德格县同样不甘落后。在不断优化农业产业结构与政策技术的双重扶持下，村民们积极种植大棚蔬菜，实现了农业增效、农民增收的目标。

德格温拖片区，其独特的山地寒温带气候与丰沛的降水，赋予了这片土地种植小麦、青稞等传统作物的天然优势。而今，以蔬菜产业为主导，通过规模化、专业化、区域化、集群化、品牌化的现代农业发展模式，让这片古老的土地焕发出新的生机与活力。

在品牌兴农、质量强农的战略引领下，温拖片区始终将农产品质量安全视为核心要义，确保每一份农产品都能让消费者买得放心、吃得安心，积极推进实验室"双认证"，为德格县"菜篮子"安全筑起坚不可摧的防线。目前，园区已实现订单式生产，年产量稳定在 4000 吨左右，产值突破千万元大关，直接为当地村民带来了 300 余万元的可观收入。这不仅是数字的增长，更是乡村振兴路上，农民群众获得感、幸福感不断提升的生动写照。

沿着雅砻江上游，一条百千米的万亩有机农业产业带正悄然兴起。德格县在雅砻江流域精心打造的"粮经+蔬菜"特色农牧业发展布局，不仅丰富了农产品种类，也提升了农产品的附加值。沿雅砻江百千米的万亩有机农业产业带的建设，更是为德格县的农业现代化注入了强劲动力。蔬菜现代农业园区的建立、冷链配送与电商营销中心的落成，让德格县的农产品能够更快地走向市场、走向全国。

此外，德格县依托有机农业产业带，做强了蔬菜、肉、粮食等传统产业，还积极探索虎掌菌等特色食用菌的种植与加工，形成了多元化、特色化的农业产业体系。截至目前，德格县累计认定"两品一标"农产品 12 个，培育有机市场主体 2 家，有机农产品年产量 120 吨、产值 800 万元，分别增长 18%、21%。

注重品牌建设和质量提升工作也是德格县的"心头事"。致力于打造一批具有广泛影响力的特色品牌，德格县将品牌打造作为地方农业名片，提升农产品的市场认可度和附加值。通过品牌建设与推广，将推动农产品从"卖产品"向"卖品牌"转变，实现农业价值链的延伸与提升。例如，通过引导生产主体申报"三品一标"认证、积极参加"四川扶贫"公益性集体商标和展销会、博览会，利用电商平台与对口援建单位农产品销售市场合作等，推行订单销售，不断提升农产品的知名度和美誉度。如今，"圣洁甘孜"特色农产品系列已经深入人心，成为市场上的抢手货。截至2019年，完成"德格芫根""德格大黄"两个"地理标志"，完成芫根、大白菜等12个"三品一标"认证。

每年8月，在雀儿山以东山岭里，高原的馈赠——野生菌，也如同自然界的精灵，迎来了它们最珍贵的采摘时刻。

漫步于德格县茶马下街用青石板铺的路上，一阵阵源自大自然野生菌的清香，仿佛能穿透喧嚣，直击人心，让人不由自主地沉醉其中。

在这片广袤的高山丛林间，黑虎掌菌以其独特的形态与深邃的色泽傲然挺立，老人头菌则以其稀有的姿态吸引着众多探寻者的目光，更有十余种野生食用菌在这片土地上默默生长着。

近年来，随着健康饮食观念的普及和消费者对野生菌价值的重新认识，这些高原上的天赐珍宝逐渐成为市场的新宠。

罗绒扎西，这位朴实的村民，便是这股"采菌热潮"中的一员，他通过进山采菌，不仅增加了家庭收入，更成了当地通过自然馈赠实现脱贫致富的生动案例。虎掌菌，因其外形酷似虎掌而得名，是一种稀有且营养丰富的野生菌类，是十大名菌之一，采摘虎掌菌，已悄然成为当地群众的一项重要经济来源。

错阿镇，这个菌类资源极为丰富的地区，其辖区内的农牧民群众对采菌之道有着世代传承的经验与智慧。然而，长久以来，由于缺乏有效的销售渠道和科学的菌类清洗加工技术，这些珍贵的野生菌往往难以走出大山，实现其应有的价值。

为了充分发挥这一农特产品的优势，进一步做大做强虎掌菌产业，德格县在马尼干戈镇设立了德格茂源农业发展有限公司野生菌虎掌菌加工厂。工厂占地3500平方米，采取"公司+合作社+牧户"的运营模式，通过集中收购、统一加工、规范包装等方式，确保了虎掌菌的品质和供应的稳定性。这样，不仅解决了野生菌的销售难题，还极大地激发了群众的采摘热情，并且，工厂还积极承担了社会责任，为村民提供固定性和季节性的公益性岗位，通过"公司+合作社+牧户"的运营模式，实现了产业发展与乡村振兴的有机结合，预计年收入可达500余万元。

现在大山里的虎掌菌已经走向国际餐桌，出口韩国，累计销售额达14.86万美元（合计人民币108.47万元），外贸出口实现"零的突破"。

除了虎掌菌产业，德格县聚焦"食用菌基地"建设，依托错阿镇错通村的自然优势，成立了本地特色农民专业合作社，并在马尼干戈镇、八帮乡和白垭乡等地建设了羊肚菌、虎掌菌等食用菌加工基地，通过"线上+线下"的方式合力拓宽了农产品销售渠道，构建了配套物流配送体系，截至目前，已建设食用菌大棚

12个，占地2880平方米，一次性可上架菌袋7.2万袋，理论产菇量为46吨。

可见，这些利好举措不仅延长了野生菌的产业链、提高了产品附加值，还为当地群众提供了更多的就业机会和增收渠道，为德格县的乡村振兴之路铺设了坚实的基石。

每年5月，春风和煦，正是八帮乡香菇产业迎来丰收前奏的黄金时期。在上白卡村的食用菌种植基地内，村民们正忙碌地搬运"菌棒"。

"今年，我们基地种植了11万棒香菇。"大棚负责人说，"去年种植的3万棒也要出菇了。"

到了7月，这批香菇的总产量将达到惊人的10.5万千克，预计可实现产值约105万元，为八帮乡的经济发展注入强劲动力。而对于本地的村民来说，在家门口工作，能让他们兼顾家庭和生活。

"每天能挣150元呢。"在村民眼中，这些香菇菌棒就是"致富花"。

食用菌经济的蓬勃发展，其繁荣景象也悄然激励着周边地区的特色产业探索与创新。岳巴乡底绒村就巧妙地借鉴了雀儿山以西地区悠久的酿酒文化，将这份古老的传统技艺与现代发展理念相结合，踏上了"酒"产业蓬勃发展的新征程。

这些年来，底绒村深挖雀儿山以西老百姓世代相传的酿酒精髓，保留独特酿酒风味的同时，致力于酿酒工艺的精细化与现代化提升。村民们秉持着对传统酿酒习惯的尊重与传承，引入科学的管理方法和先进的酿造技术，对青稞这一高原特产进行深度开发与利用，大力发展以青稞为主要原料的藏酒产业。为了形成规模效应与品牌效应，底绒村采取了合作社的经营模式，成立了德格县岳巴乡底绒村藏酒作坊农民专业合作社，这种集体化的运作模式，不仅提高了生产效率，还增强了产品的市场竞争力。

更为重要的是，底绒村通过发展青稞藏酒产业，促进了青稞等农作物的种植与销售。随着产业的不断壮大，底绒村还积极发挥辐射带动作用，与周边地区建立紧密的合作关系，共同推动传统酿酒业向现代酿酒业的转型升级，将传统酿酒业逐渐转变发展成为现代酿酒业。

在乡村振兴的宏伟蓝图中，合作社是经济活动的核心引擎，它通过资源整合与优化配置，实现了区域资源优势的最大化利用。有了它，农牧业、藏药产业、文化旅游等多元领域可以紧密相连，促进了产业的深度融合与协同发展，为古老的土地注入了前所未有的活力与创造力。

五一桥村，距离更庆镇政府仅 6.2 千米，全村户籍人口为 103 户 300 人。村民收入来源主要包括政策性收入和放牧、挖虫草、采挖中药材、县城务工等。

2022 年，县委县政府通过深入调研和广泛征求村民意见，提出建立集体牧场的产业发展思路。于是德学农民专业合作社正式成立，这家合作社采用"养殖户代养＋合作社日常营销"的村集体经济发展模式。其业务范围涵盖了从田间地头的动物饲养到农产品的全链条生产、销售、加工、运输、贮藏，在合作社的号召下，全村103户293位村民积极响应，他们不仅以自有资金参与集资，更在县委县政府和省水利厅直属单位水发集团的托底帮扶下，共同筹集了五一桥村集体牧场的启动资金，家庭户参股率达100%。

五一桥村这一曾经的集体经济薄弱村实现了集体经济收益从"零"到"一"的突破。2023年，随着合作社的稳健发展，村民们迎来了首次分红，在这一年里，合作社的227名成员人均可分得130.32元的红利，而对于71名脱贫户及监测户的人均分红为147.24元。

在德格，各种各样的合作社犹如雨后春笋，迅速而蓬勃，它们不仅是农业现代化的先锋队，更是乡村振兴战略中不可或缺的重要力量。有意思的是，在推动村集体经济产业发展的道路上，德格县创新性地提出了"3+N"的多元化发展模式，即通过土地资源的集约化利用、农牧民自营或合作运营的鼓励政策，以及依托支柱产业借势发展的三条固定增长渠道，结合各乡镇、村的具体产业发展优势与人才资源特点，构建了多条并行不悖的发展路径。

截至发稿前，全县已成立134个由村党支部领导的合作社，它们紧密结合本地独特的资源禀赋，因地制宜地发展了温泉疗养、食用菌栽培、纯净水生产等一系列特色"村产业"，并成功打造出了一批具有鲜明地域特色和市场竞争力的"村品牌"。这些特色产业丰富了乡村经济业态，为农户提供了广阔的增收渠道和大量就业机会，极大地提升了农民的生活水平和幸福感。

在这一模式下，各级党组织充分发挥了引领作用，围绕政策红利、产业升级、经营主体培育，以及资产资源的高效配置等关键环节，因地制宜地推动了养殖、种植、劳务输出、电商销售、工程建设、物流配送、乡村旅游等多种类型的开发项目，实现了村集体经济产业发展的"百花齐放"。基于此，德格县做实科技支撑，进一步深化"院县""校县"农业科技合作，组织科技特派团、"三区"科技人员助力产业科技服务，确保产品优质率提高10%以上，守牢村集体经济下滑底线，规范全县农村集体经济收益分配工作，推动村集体经济收入10万元以上17个、5万元以上50个，确保村集体经济联农共富更有实效。

如何拓宽扶贫产品销路？我们首先想到的是线上电商平台。

德格县敏锐地把握住了"互联网+"这一时代赋予的宝贵机遇，全力以赴地推进国家级电子商务进农村示范项目，将本县打造成为国家级电商服务示范县的标杆。为了实现这一目标，德格县不断完善和优化县、乡、村三级电子商务服务体系，提出"1114+N"的电商服务新模式，即建设1个电商服务中心，建设1个电商示范窗口，建设1个乡村旅游示范工程，打造4个重点片区，设置N个乡镇和村级电商服务站点。目前，全县不仅完成了核心电商中心的搭建，还延伸出23个站点和80个服务点，覆盖了所有乡镇，106个行政村电子商务服务点为农村居民提供了便捷的电商服务，成功培训了来自23个乡镇的2000余名农村电商人才，为电商扶贫注入了强大的人才动力。

现在康巴文都博览园的电子商务公共服务中心全面投入运营，吸引了14家企业或个人入驻，孵化出60个网店，建立了4个片区的线上电商扶贫超市，加快了冷链物流基地的建设步伐。

现在，德格县通过打造直播电商产业基地，积极探索"互联网+农产品"的路径。为农产品销售开辟了新的渠道，帮助本地农产品实现品牌化、规模化发展，村集体经济实现了从"破零"到"强乡"，再到"富县"的跨越式发展。这标志着德格县农村经济的全面振兴，乡村振兴战略在基层落地生根、开花结果。

集体经济的整体水平显著提升后，村村都有了坚实的经济基础，产业规模也日益壮大，群众也有了多元化的致富之路。在未来的日子里，我们有理由相信，随着合作社模式的不断推广和完善，乡村振兴的壮丽画卷将会更加绚丽多彩，农民的生活也将会更加美好幸福。

第三节 让"土特产"成为"新引擎"

"风吹草低见牛羊",在那片广袤无垠的德格草原上,自然赋予了德格无尽的宝藏——818.2万亩的天然草原,宛如大地的绿色织锦,铺展至天际。

在这肥沃的土地上,可利用的757.7万亩草原被精心呵护,成为28万头(只、匹)牲畜的乐园,其中能繁母畜更是达到了13万头,数量之庞大,彰显了德格作为四川十大纯牧业县之一的雄厚实力,以及在甘孜州牧业版图中举足轻重的地位。

近年来,德格县紧紧抓住了甘孜州牦牛产业集群发展的历史机遇,坚持"企业+基地+牧户"的产业发展模式,形成"牦牛养殖+饲草种植+产品加工+市场销售+牧旅结合"的第一、二、三产业融合发展格局。以马尼干戈镇为圆心,绘制了一幅波澜壮阔的善地高原牦牛产业蓝图。这里,优质牧草基地如雨后春笋般涌现,乳制品加工生产基地拔地而起,优质奶源基地稳固如磐,而牦牛产业数字化平台的搭建,更是为这些传统产业插上了智慧的翅膀,德格县通过重点突出草业基地、奶源基地、精深加工建设,全力构建"一园区、二体系、三基地、四工程"为支撑的德格县牦牛产业集群,推动牦牛产业振兴和高质量发展,实现牦牛养殖大县向牦牛产业强县转变，打响了"德格县牦牛奶"金字招牌。

为了让牦牛奶这一大自然的馈赠以最快的速度、最优的价格抵达消费者的餐桌，德格人全力以赴。他们以打造雀儿山以东高原生态畜牧产业园区为目标，采用"一圈两点几辐射"的发展模式打造马尼干戈现代牧业园区。以马尼干戈镇为中心，阿须、竹庆镇为节点，辐射带动纯牧业乡（镇），形成"以奶促牧"的高原生态畜牧产业园区，积极推进马尼干戈镇牛奶加工厂及12个集体牧场的建设，加大畜牧业种草、集体牧场、疫病防控、家畜改良等项目的投入，扩大生产能力，拓展市场，有效提升了畜产品的加工能力与市场竞争力，加大品牌建设力度，打造高原绿色牦牛奶、牦牛肉等系列产品，延伸产业链，形成产、供、销一体化。

马尼干戈镇的康北牦牛乳制品加工园区如同一座桥梁，连接着牧民的辛勤与市场的期待。每天清晨，当第一缕阳光洒向草原，园区的工作人员便开始了他们的"鲜奶之旅"，定时定点在农户家门口收购那些珍贵的牦牛奶。如今，每日3吨的鲜奶收购量，不仅保障了乳制品的充足供应，更为园区满负荷运转后创造的7000余个就业岗位埋下了希望的种子，让越来越多的村民拥有了进厂上班、增收致富的机会。

在牧业发展的道路上，德格县深知"草业先行"的道理。他们坚持"立草为业、化草为粮"，全面开启了万亩饲草基地的春耕生产，加快推进了饲草产业的转型升级。

初秋的马尼干戈，天际边一抹淡淡的金黄与蔚蓝交织，为这片广袤的土地披上了一层温柔的纱衣。在这片无垠的田野上，饲草如绿色的波浪般起伏，散发着阵阵清新而诱人的芳香，它们一排排整齐地低垂着头颅，仿佛在向大地母亲致以最诚挚的敬意。宽敞明亮的牛舍内，一群群奶牛悠然自得，享受着属于它们的宁静时光。近年来，德格县积极响应国家乡村振兴战略，将目光投向了这片肥沃而又充满生机的土地，大力推动草畜产业向集约化、规模化、标准化迈进。这一举措，不仅让"畜"在这片土地上蓬勃兴起，更让一曲曲悠扬的"牧"歌在蓝天白云下欢唱，激活了乡村振兴的绿色引擎，为当地经济注入了新的活力。

饲草基地，作为这一变革中的关键一环，如同草原上的绿色动脉，源源不断地为牦牛产业集群输送着生命的能量。这些基地不仅实现了从"耕、播、管、收、加、储、销"的全程覆盖，构建起了一条高效、环保的产业链，更为全县牦牛产业的可持续发展奠定了坚实的基础。在这里，每一株饲草都承载着牧民们的希望与梦想，它们茁壮成长，最终转化为餐桌上美味可口的牦牛肉制品，让更多人品尝到来自高原的纯净与鲜美。

2023年，德格县在乡村振兴的征途上迈出了更加坚实的步伐。这一年，该县将目光聚焦于燕麦、青储玉米等优质饲草作物的种植上，推动了饲草产业蓬勃发展。在广袤的田野间，一片片绿意盎然的饲草田如同翡翠镶嵌在大地上，经过精心培育与科学管理，鲜草产量达到了令人瞩目的 4.56 万吨，这一数字不仅彰显了德格县在饲草生产方面的卓越成就，更为牦牛等畜牧业的蓬勃发展奠定了坚实的物质基础。

为了实现饲草产业的持续扩张与升级，德格县依托现有人工饲草生产基地，不断向外拓展，积极扩大种植面积与规模。通过科学规划与合理布局，全县计划新增人工种草面积至 21 300 亩，这一举措不仅极大地丰富了饲草资源，也为后续畜牧业的规模化、标准化发展提供了强有力的支撑。

在此过程中，"企业+合作社+牧户"的合作模式成为推动饲草产业快速发展的关键力量。这一模式通过构建紧密的利益联结机制，将企业、合作社与牧户紧密地联系在一起，实现了资源共享、优势互补与风险共担。企业发挥资金、技术与管理优势，为合作社与牧户提供了必要的支持与指导；合作社则作为桥梁纽带，组织牧户参与饲草种植与畜牧业生产，提高组织化程度与市场竞争力；牧户则通过积极参与，实现了收入的稳步增长与生活水平的持续提升。

德格县始终秉持"草畜一体化"的发展理念，将饲草种植与牦牛养殖紧密结合起来，逐步构建起了从饲草种植、牦牛养殖到农畜产品生产加工的全产业链发展模式。这一模式的成功实施，不仅大大提高了饲草资源的利用效率与附加值，还有效延长了产业链条、增加了产品种类与附加值，为当地群众带来了更加多元化的收入来源与更加可观的收益增长。

马尼干戈镇、阿须镇、玉隆乡等地，这些曾经默默无闻的乡村，如今因饲草基地的建设而焕发出勃勃生机。它们不仅有效缓解了草原退化、沙化的压力，保护了脆弱的生态环境，更为构建人与自然和谐共生的生态畜牧业发展模式提供了宝贵的经验。展望未来，德格县将继续深化饲草产业改革与创新发展，以更加饱满的热情与更加坚定的步伐迈向乡村振兴的新征程。在这片充满希望的土地上，一幅幅草绿牛壮、人欢马笑的生动画卷正徐徐展开。

截至目前，德格县投入5008万元，推进牦牛产业集群"三基地一平台"建设。饲草基地成功创建甘孜州三星级现代农业园区，实现产值2996万元，是全州唯一实现净盈利的饲草基地；乳制品加工基地招引企业市场化运营，新增精深加工生产线2条，研发特色产品2个；完成马尼干戈产展销平台建设；德格牦牛产业集群建设是全州6个优秀县之一。全年粮食种植面积5.43万亩、产量1.07万吨，分别增加0.68%、2.5%。各类牲畜存栏22.89万头（只），出栏9.07万头（只），出栏率40%。通过牦牛产业集群建设项目的实施，德格县在产村融合、科技富民，促进高原畜牧业"生态、绿色、高效"发展方向上迈出了坚实步伐。未来，德格将持续着力在饲草料生产、牦牛标准化养殖、良种繁育、牛乳制品加工、仓储运输等方面开展项目攻坚，完善壮大牦牛产业集群全链条建设，进一步巩固脱贫攻坚成果，为德格县实现全面乡村振兴贡献产业振兴力量。

除了畜牧业的发展优势，德格县凭借其得天独厚的地理位置和丰饶的自然资源成为中藏医药文化的沃土。这里，孕育了无数珍稀的中藏药材，为中医药学宝库增添了浓墨重彩的一笔。

近年来，德格县紧跟国家发展战略的步伐，以"三产融合、中藏药产业链发展壮大"为目标，以中药材深加工为牵引、中药材种植示范基地为支撑，推动本地优势特色中藏药种植、储存、研发、加工、销售一体化发展，促进中藏药产业与医疗、健康、旅游、养生、保健、文化等产业融合发展，推动现代中藏药产业体系建设，延伸产业链。把德格县打造成中藏药材规范化示范基地和省内最齐全的品种资源圃，藏药加工能力达到省内领先水平，逐步打造形成西南地区最大的藏医药产业集散地。

在药材种植领域，德格县充分展现了其高原生态优势，通过科学规划与精心布局，实施了一系列行之有效的举措。依托"公司＋基地＋合作社"的创新模式，德格县精准筛选出一系列高原特色药材品种，为了进一步提升药材种植的规模化和标准化水平，德格县积极引入内地先进的医药企业，合作共建"定制药园"，实现了从种子选育、田间管理到采收加工的全程质量控制，确保了药材的优质高产。截至目前，德格县已构建起多个规模化的药材种植示范基地，种植面积迅速扩大至数千亩，建成中藏药材种植示范基地3个，种植面积达3000亩。如在金沙江沿线的麦宿、龚垭、白垭、岳巴、汪布顶等乡镇实施藏木香、大黄、波棱瓜等品种的人工种植基地建设。

并且，德格县还成立了更庆镇五一桥村雀儿山中藏药材种植专业合作社，建成更庆镇五一桥村中藏药材种植基地15亩，龚垭乡秧达村藏木香、波棱瓜等中藏药材种植基地40余亩；龚垭乡农科所大黄种植基地10余亩，还成功完成了地理农产品标志"德格芫根"的认证。

不仅如此，德格县在中藏医药产业的深加工与研发方面同样取得了显著成就。麦宿镇作为中藏医药产业的重要聚集地，拥有藏药厂2家、藏香厂2家，以及德格县藏医院和宗萨藏医药公司两个标准化的制剂室，这些设施不仅满足了本地及周边地区对藏医药产品的需求，更占据了甘孜州制剂总量的70%，彰显了德格县在中藏医药产业中的领先地位。

同一时间，德格县还投资兴建了总面积超过7000平方米的藏药制剂中心、中药饮品加工中心及药材仓储中心，这些现代化设施的运用，极大地提升了中藏医药产品的加工效率与品质保障能力。为了进一步扩大中藏医药产业的影响力与市场覆盖面，在成都设立的四川省南派藏医药传承与创新产业化示范基地，为德格县的中藏医药产业提供了一个高水平的研发平台和产品推广窗口，进一步提升了中藏医药产品的市场竞争力和品牌影响力，再加上深化政企院校合作，不断拓展延伸产业链条，研发出了一系列具有自主知识产权的大健康产品，并积极申请制剂备案号，为产品的合法合规销售奠定了坚实基础。

为了加大市场拓展和品牌建设的力度，还在理塘、甘孜等地开设了南派藏医药旗舰店，德格南派藏医甘孜旗舰店在2024年入驻了甘孜县四通达乡"罗布林手造"孵化园，不断满足群众多样化就医需求，这些举措不仅拓宽了中藏医药产品的销售渠道，也极大地提升了南派中藏医药的品牌形象和知名度，德格县的中藏医药产品得以更广泛地触达市场，其独特的疗效与品质赢得了越来越多消费者的认可与信赖。

除了中藏药材种植、加工、研发、销售相结合的产业体系，德格县还积极探索中藏医药与康养旅游深度融合的新路径，依托"国家级非物质文化遗产"的名片，以南派藏医药康养园与麦宿中藏药产业园为基础，建设了一个集"文化熏陶、保健康养、藏医理疗、农业观光"于一体的特色康养旅游模式。

这一模式的推出，实现了旅游与健康的完美融合。康养园区，为省内外600余家医疗机构提供了高质量的藏药制剂产品，更以其独特的藏医理疗服务和康养环境，吸引了无数游客慕名而来。在这里，游客可以亲身体验到藏医独特的诊疗手法和康养理念，感受到身心的和谐与平衡。同时，园区还结合当地丰富的农业资源，推出了农业观光项目，让游客在亲近自然的同时，也能了解到藏药材的种植与加工过程，增加了旅游的文化内涵和趣味性。

在推动中藏医药产业发展的过程中，德格县始终不忘惠及民生、促进就业的初心。南派藏医药产业项目的实施，预计将进一步解决2000名农牧民的就业问题，并带动起当地一批藏药材种植、加工小微企业及合作社的快速成长。这不仅为当地农牧民提供了稳定的收入来源，也为乡村振兴和可持续发展注入了新的活力。

如今的德格，正以崭新的姿态，向着乡村振兴的宏伟目标阔步前行。在这片充满希望的土地上，每一个努力的身影都是最美的风景，每一份辛勤的付出都将收获满满的回报。

CHAPTER 3　第三章

沃野织锦绣，生态治理构建了"大视野"

第一节 "好风景"变成了"好前景"

德格县作为青藏高原向四川盆地的过渡带，生态地理位置独特、生态功能突出、生态环境优良，是青藏高原生态屏障的核心区域，是长江上游生态保护屏障和"中华水塔"的核心部分。县域动植物资源种类丰富，是生物多样性的宝库和特有的资源中心，在维系长江流域生态平衡中发挥着重要的作用。

多年来，德格县坚定不移地秉持生态优先、绿色发展的战略定力，致力于绘就一幅"天蓝如洗、地绿如茵、水清如镜"的生态新图景，让自然之美成为最动人的底色，将"生态立县"作为核心引擎，以"四提升"（生态环境质量提升、生态保护能力提升、生态治理效能提升、绿色发展动力提升）为战略主线，严守生态红线；以雀儿山生态绿楔为核心，金沙江生态绿廊、雅砻江生态绿廊为主线，统筹西南高山峡谷和东北丘状两大高原生态保护区，共同构建新路海、多瀑沟等自然生态保护区，逐步形成"一楔两廊、两区多点"生态保护格局，奋力书写着长江上游生态屏障建设的壮丽篇章。

在生态保护上，德格县积极响应"绿水青山就是金山银山""冰天雪地也是金山银山"的绿色发展理念，丰富的自然资源包括矿产资源、水能资源、动植物资源、景观资源等是德格县目前唯一的资源禀赋和比较优势所在。

在多瀑沟自然保护区，每一缕晨光破晓时，便有一群身影穿梭于葱郁的林海与蜿蜒的沟壑之间，他们是村级护林员，宣传、巡逻是他们每日的工作。

德格县的国有林达 365.89 万亩，在深刻践行绿色发展理念上，该县不断深化天然林保护工程（天保工程）的丰硕成果，将森林管护责任细化到每一个山头、每一条溪流，为进一步加强生态保护力量，选聘了 1630 名生态护林（草）员。同时，德格县还致力于自然保护地的整合优化，完成了多瀑沟州级自然保护区、志巴沟县级自然保护区、阿须县级湿地自然保护区、阿木拉县级自然保护区等 4 个重要自然保护区的标志标牌定点安装工作，大力改造基层设施建设，使得保护区域更加明确，也增强了公众对自然保护区的认知与尊重。

2023 年，德格县在龚垭镇创新性地建立了首个"补植复绿基地"，标志着该县在生态修复领域迈出了坚实的一步。此外，在卡松渡、竹庆、八帮等三乡，还设立了 3 个青藏高原生态保护警示教育基地，并隆重举行了揭牌仪式。5 个月后，德格县人民法院联合县人民检察院、县林业和草原局开展"补植复绿"生态修复工作，组织 11 件盗伐林木案 12 名被告人在"德格县补植复绿基地"集中补种树木 425 棵，旨在通过教育引导提高全民生态保护意识，让保护生态环境成为全社会的共识和行动。

目前，德格县境内生态公益林638.05万亩，活立木蓄积量为1791.91万立方米，森林覆盖率为35.86%，树种以杉木为主，间以柏树、白桦。草地面积791.3万亩，草地覆盖率为84.7%。全县农村集体建设用地规模1506.79公顷，全县城镇建设用地规模126.49公顷。

除了丰富的自然资源，德格县的野生动物种类也繁多，县境内野生动物有哺乳类、鸟类、两栖类、爬行类共170余种。其中，国家一级保护动物有白唇鹿、豹、金雕、林麝等9种，国家二级保护动物有黑熊、水獭等32种，省级重点保护动物2种。森林面积732.25万亩，生态保护红线面积4433.78平方千米，占县域总面积的40.21%。

德格县丰富的动物种类彰显了生态的多样性，而在生态保护方面，德格县同样成果显著。

根据《四川省自然保护地名录》，德格县共有7个自然保护地，即四川新路海省级自然保护区、四川多瀑沟州级自然保护区、四川志巴沟县级自然保护区、四川阿须县级湿地自然保护区、四川阿木拉县级自然保护区、四川德格玉隆省级湿地公园、四川德格珠姆省级湿地公园。

按保护地类型分，德格县有自然保护区5处、湿地公园2处，按保护地级别分，德格县有省级3处、州级1处、县级3处。7个自然保护地均处于重要和典型的生态系统区域，具备重要的保护价值。为此，德格县通过优化国土空间布局，实施最严格的生态保护制度，守护好每一寸绿水青山。同时，"绿化德格"行动进行得如火如荼，植树造林、草原修复、湿地保护等生态工程遍地开花，河（湖）长、林（草）长责任制得到有效落实，山水林田湖草沙冰生命共同体得到一体化保护和系统治理，生态屏障日益坚固。

在生态治理方面，德格县注重源头治理与综合施策，在雀儿山以东生态保护区重点发展以保护培育森林资源和提高森林质量为中心，大力实施天保工程、退耕还林工程、湿地生态保护与恢复工程、沙化与荒漠化土地治理工程和干旱半干旱地区生态综合治理工程，加强林业基础设施、自然保护区和森林公园建设，抓好城乡绿化，因地制宜发展特色经济林和林下经济。

在雀儿山以西林业产业示范区，德格县重点发展以天然林资源保护为中心，加快实施天保工程、退耕还林工程、湿地生态保护与恢复工程、沙化与荒漠化土地治理工程和干旱半干旱地区生态综合治理工程建设。通过壮大森林资源，强化森林经营，大幅提高林地生产力，对自然保护地进行整合优化，加大对森林、草原等自然资源的保护力度，巩固退耕还林还草成果，采用科技手段与生态工程相结合的方式，有效治理水土流失，恢复和增强区域生态系统的自我修复能力，让受损的生态环境重现勃勃生机。

截至目前，德格县共计投入8000余万元大力开展生态修复工程，其中投入500万元开展干旱河谷治理、360万元开展退化林修复工程、3920万元开展3.9万亩沙化治理、2071万元开展

4.9万亩人工种草工程、451万元开展223万亩鼠虫害治理、489万元开展7.1万亩天然牧草改良工程、260万元进行人工造林、200万元开展国有抚育工程。通过摸底调查对8个历史遗留废弃矿山采取"场地平整+土壤剥覆+土壤培肥+植被恢复+配套工程"等措施进行生态修复72.7587公顷。

正是由于采取了科学合理、行之有效的良好保护措施,动物才拥有了山清水秀、风光旖旎的适宜栖息地。它们或沐浴在温暖的阳光中,或享受着清新空气和充足食物,过着悠闲自得、安逸舒适的生活,构建起人与自然和谐共生的美丽画卷。

"做强县城、做优乡镇、做美村寨",这不仅仅是一句口号,德格县将生态建设与乡村振兴、美丽四川建设紧密结合,通过实施乡村建设行动和"美丽四川·宜居乡村"工程,不仅扮靓了"美丽母亲河",还打造了G317线这条"最美景观大道",涌现出雨托新村等一批乡村振兴的璀璨明珠,以及马尼干戈镇、阿须镇、独木岭村等"最美乡镇""最美村寨"。

2024年7月16日,在新能源领域,金沙江上游川藏段国家水风光一体化示范基地350万千瓦水光互补光伏项目正式完成了备案程序,这是四川省到2024年为止一次性配置规模最为宏大的新能源项目,作为国家"十四五"规划和2035年远景目标纲要、现代能源体系规划及电力发展规划项目,金沙江上游清洁能源基地这一国家"十四五"重点建设项目的核心组成部分,它的影响力与里程碑意义不言而喻。本次备案的350万千瓦光伏项目中，德格县拉绒就涉及 70 万千瓦项目，该项目将充分利用金沙江丰富的水能资源，实现水能与光能的优势互补，提高能源利用效率，极大地扩大当地新能源装机规模，促进能源结构优化升级，还将为当地经济发展注入强劲动力，带动就业，改善民生。同时，也将让德格在绿色低碳的发展之路上越走越宽广。

这一项目不仅是德格县能源发展的重要里程碑，更是其在能源领域积极探索、不断创新所取得显著成绩的生动体现。近年来，在能源建设领域，德格县更是巧做"生态+"文章，加快水电、光伏、地热等清洁能源的开发利用，完成清洁能源"二轮摸底"，重新规划设计水电装机 320 万千瓦、抽水蓄能 800 万千瓦，光伏能源可开发量达 2500 万千瓦，规划开发装机容量 1150 万千瓦。大力推动马尼干戈镇 120 万千瓦光伏项目建设。

与之同步进行的是，德格县加强与成都高新区和省水利发展集团合作清洁能源公司对接，极大程度地引进一批低耗能企业入驻德格，着力打造马尼干戈清洁能源产业园区，强化对接，着力推动着抽水蓄能前期工作，将生态优势转化为经济优势，实现了生态效益与经济效益的双赢。这一系列举措，不仅守护了德格县的绿水青山，更为其长远发展注入了绿色动能，让"颜值"真正变为产值，书写了生态文明建设的新篇章。

龚垭镇血呷村，在这片平均海拔超过 3800 米的高原之上，静静地诉说着岁月的故事。曾经，这里的村民们面对着严酷的自然条件与贫困的双重挑战，全村可耕地面积只有 286 亩，可耕地面积的稀缺如同枷锁，束缚了发展的脚步。人均不足一亩的土地，让他们的生计几乎完全依赖于各项惠民补贴，人均年纯收入 2376 元，远低于全省平均值，收入微薄、生活艰辛，全村需要重点帮扶的贫困人口就有 25 户 86 人。

面对过度开垦与放牧带来的生态危机，水土流失如同一只无形的手，不断侵蚀着这片土地的生命力。每当暴雨倾盆、洪水肆虐，血呷村便显得尤为脆弱，仿佛随时会被自然的力量吞噬。但正是这样的困境，激发了村民与政府部门共同奋斗的决心，他们开始探索一条生态与发展并重的道路。

2015 年成了一个转折点。在省、州、县三级水务部门的鼎力支持下，血呷村启动了农村饮水安全项目，这不仅解决了村民的饮水难题，更标志着生态治理工程的全面铺开，一系列科学有效的水土流失综合治理项目，如同春风化雨，渐渐改变了血呷村的面貌，这些治理项目包括 200 余亩坡改堤，40 余亩植树（苹果）种草，设置了 60 公顷的禁伐、禁牧的封禁区以及铺设了灌溉管道和机耕道，那些曾经裸露的陡坡如今披上了绿色的外衣，干涸的土地也重新焕发了生机。

与此同时，血呷村依托其得天独厚的自然资源，在治理区上建立起了农场，发展起了土豆、青稞等特色农业，同时还引进了耐寒耐旱的苹果树种植。这一举措，不仅丰富了村民的收入来源，更为未来的经济发展奠定了坚实的基础。随着苹果种植规模的不断扩大，预计在未来 3～5 年内，村民的人均年收入将实现质的飞跃，达到7000元左右。这不仅是对贫困的有力反击，更是对生态振兴战略的生动诠释。

作为这一变革的缩影，德格在水利项目的推动下，发生着翻天覆地的变化。据统计，面积1.1万平方千米的德格县，水土流失面积达4365平方千米，水土流失率约40%，每年全县水土流失量超过3亿吨。

在省水利厅的帮助下，德格县以树立甘孜州典型为目标，建设一批甘孜州一流的水利项目，体现示范引领"典型化"作用，将"水利基建"作为重要支撑，从水利基建到中小河流治理，再到水土流失综合治理，一系列重点项目的实施，不仅极大地改善了当地的水利条件，更为农业灌溉、防洪减灾提供了有力保障。这些项目的成功推进，不仅体现了政府对于生态治理的坚定决心，也彰显了科技在改善民生、促进发展方面的巨大作用。同时这些水利项目的建设，还充分考虑了生态效益与经济效益的有机结合，通过科学合理的规划与设计，既解决了当前的水利问题，又为未来的可持续发展预留了空间。

例如，色曲河德格县第二中学段防洪治理工程，计划投资2831.85万元，到位资金1807万元，目前已经完工。工程综合治理河长1.2千米，新建堤防全长0.915千米，工程建设后可形成0.36平方千米的保护区，保护现状人口0.1万人，规划居民0.3万人，保护固定资产1.2亿元。新建的堤防不仅提高了防洪标准，还形成了新的保护区，为当地居民提供了更加安全的生活环境；

德格县麦宿镇小流域水土流失综合治理工程，项目计划总投资483.54万元，到位省级水利发展资金363万元，目前已经完工。工程综合治理水土流失面积1053.54公顷，有效遏制了水土流失的势头，促进了生态环境的逐步恢复。

在金沙江河谷地带这片得天独厚的生态宝地上，德格县巧妙地运用了其独特的气候条件，通过一种创新而和谐的"产村融合"模式，精心规划并实施了一项生态振兴计划。该项目不仅着眼于环境保护与生态平衡，更致力于促进当地经济的可持续发展与农户生活水平的显著提升。项目集中了沿岸5000亩土地资源，精心挑选并大规模种植了沙棘、花椒、杏子等极具经济价值和生态效益的经济林木。这些作物不仅耐干旱、适应性强，还能有效防止水土流失，为金沙江流域筑起了一道绿色的生态屏障。此外，当地结合易地搬迁美丽新村建设的契机，将生态振兴与乡村美化有机结合起来，积极引导周边农户参与到这一绿色产业中来，鼓励他们发展庭院经济，将自家的房前屋后也变成绿意盎然、果实累累的致富园，形成了一条美丽新村与观光农业相互匹配的产村融合产业带。在这里，游客们不仅可以欣赏到美丽的自然风光和独特的民俗风情，还能亲自体验到采摘的乐趣和品尝到新鲜美味的林果产品。

如今的德格，展现在世人面前的是一幅"天更蓝如洗，地更绿如茵，水更清如镜"的绝美景象。自2021年以来，德格县在空气质量方面更是取得了令人瞩目的成就，连续在全省乃至更大范围内128个区县中稳居榜首，空气质量优良天数达到了惊人的100%。

人不负青山，青山定不负人。现在的德格，天蓝色已成为"常态蓝"，在这片充满生机的土地上，白唇鹿、水獭、凤头鹛鹛国家一级、二级保护动植物的踪迹屡见不鲜，它们在这片净土上自由栖息，繁衍生息，共同描绘着生态和谐的美好图景。

珠姆省级湿地公园，坐落于德格县中部，紧邻繁忙的217省道，却自成一派宁静与祥和的景象。其平均海拔高达4100米，总面积更是达到了惊人的1972.4公顷，相当于29 586亩的大地。这里是生物多样性的宝库，国家重点保护野生植物，如红花绿绒蒿等竞相绽放；国家重点保护鸟类，如黑颈鹤、藏雪鸡、秃鹫等翱翔天际；而东方高原鳅、高原林蛙以及藏狐等水生生物与陆地生物，也在这里和谐共生，共同奏响生态的和谐乐章。

自2016年珠姆省级湿地公园被正式批准为四川省级湿地公园以来，德格县便将其视为珍宝，倾注了大量心血与努力于湿地生态的保护和科学研究之中。因为德格县深知，保护湿地就是保护共同的家园。于是，严格管控湿地生态的原样性，多次开展湿地科普教育活动，深入乡镇，引导周边村民增强环保意识，自觉遵守湿地公园的管理规定；聘请专业的湿地管护人员等措施都成了德格的必然选择。

在保护的基础上，德格县还积极寻求发展之道，利用本地的乡土草种对湿地公园内的动物栖息地环境进行精心修复，努力恢复生态的原始面貌。随着生态环境的持续改善，珠姆省级湿地公园已逐渐成为众多鸟类迁徙途中的首选之地，成为野生动物的乐园和鸟类的天堂。黑颈鹤与其他水鸟翩翩起舞，不仅为这片土地增添了无限生机，也吸引了无数游客和摄影爱好者慕名而来，用镜头记录下这份难得的美丽与和谐。

放眼未来，德格县将依托珠姆省级湿地公园丰富的湿地资源，进一步打造原生态的湿地自然景观，推动生态旅游的快速发展。德格希望通过这种方式，不仅能够吸引更多本地居民和外来游客前来旅游观光，感受大自然的魅力与神奇；同时也能够促进生态保护与旅游产业的协调发展，实现经济效益与生态效益的双赢。

在陆生野生动物种群及其栖息地保护方面，德格县也做了大量的工作。2023年，我国发布了首批789处陆生野生动物重要栖息地名录，其中，德格县的多瀑沟麝类重要栖息地、新路海白唇鹿重要栖息地、阿木拉白唇鹿重要栖息地和志巴沟白唇鹿重要栖息地就在名录上。

德格县的生态环境之变，不仅让当地居民享受到了更加宜居的生活环境，也吸引了众多游客前来观光旅游，体验自然之美、感受生态之魅。自此以后，德格县将持续以绿色发展理念为指引，加大生态环境保护与建设力度，将这片绿水青山变成永续发展的"金山银山"，为子孙后代营造一个更加美丽、宜居的家园。

第二节 "旧村庄"变成了"新家园"

一、过上了好日子

习近平总书记强调,"实施乡村振兴战略,一个重要任务就是推行绿色发展方式和生活方式,让生态美起来、环境靓起来,再现山清水秀、天蓝地绿、村美人和的美丽画卷"。

碧空如洗,万里无云,天空如同被精心擦拭过的蓝宝石,清澈而深邃。金沙江在连绵不绝的青山脚下奔腾不息,在这壮丽的山水之间,美丽的雨托新村依山傍水,静谧而祥和。从远处眺望,一栋栋藏式民居错落有致地分布在山脚下,色彩斑斓,红、白、蓝三色交相辉映,宛如高原上盛开的格桑花,既鲜艳夺目又充满了藏族文化的独特韵味。这些民居不仅是居住的空间,更是雨托新村人民对美好生活的向往和追求的象征。

然而,七年前的雨托村却与今日的景象截然不同。那时,这里交通闭塞,道路崎岖不平,生产生活条件十分落后,村民们依靠传统的农牧业为生,收入微薄,生活艰辛。幸运的是,在党的领导下,在各级政府的关怀和支持下,雨托村人民发扬自力更生、艰苦奋斗的精神,积极投身到脱贫攻坚的伟大实践中去。他们修路架桥、引水灌溉、发展产业、改善民生……经过七年的不懈努力和奋斗，雨托村终于实现了华丽转身，从一个贫困落后的小山村变成了一个美丽富饶的新农村。

雨托村位于德格县龚垭镇境内，地处金沙江高山河谷地带，系龚垭镇下辖11个行政村之一，在G215旁，与西藏自治区隔江相望。受自然环境、地域因素、经济条件的制约，村民生活环境极为恶劣，全村不通公路，没有安全饮水、生活用电、通信信号、广播电视，基础设施建设严重滞后，是龚垭镇唯一五不通的贫困村。

没有自来水，这是村民们日常生活中最直观也最无奈的写照。

"没得自来水，我们只能走几千米山路，靠肩膀把水背回来。没有公路，下一次山特别麻烦。"

"看不到电视也上不了网，山外头发生了啥事不晓得，山里头有啥事外头也不晓得，跟外头的联系只有靠人下山来传口信。"

"到了晚上，照个亮只有靠油灯。"

……

村民们一句句朴实的话语满含无奈。为彻底改变雨托村的落后局面，新村建设项目将散居在高山中的117户523名村民搬下山来，集中搬迁到金沙江畔的新村。

雨托新村总投资4000万元，新建117幢凸显德格"绛红"基调和民居建筑元素的美丽新藏寨，实现了路、水、电、网络、广播电视"五通"和村级活动室、文化室、厕所等公共服务设施的全面配套，达成了"拔穷根、挪穷窝、换新貌、奔小康"目标，全村面积为25.6平方千米，耕地面积约为3450亩，草场面积82950亩。

2017年，德格县委、县政府对雨拖村的117户523人进行了整村搬迁。搬迁之后的雨托村村"两委"班子充分发挥党组织的领导核心作用，扎实做好易地扶贫搬迁后续管理服务工作，有效激活了乡村发展。至此，雨托村也更名为雨托新村。

"下山了，我们离草场更近了，现在我们交通便利，家里有厕所，房子也漂亮。"夜幕降临，现在的雨托新村是"民族团结先进示范村"，是"四好村"，新居灯火通明，道路干净整洁，在文化广场上，村民们围成一圈跳起锅庄，脸上洋溢着幸福的笑容。

正是通过易地扶贫搬迁，雨托村才旧貌换新颜，激发了村庄发展的内生动力，曾经的"五不通村"现在在"新家园"过上了好日子。在雨托新村这片曾经受限于耕地稀缺与草原面积有限的土地上，传统种养殖业的发展道路显得尤为狭窄且充满挑战。

而正是独特地理位置——坐落于德格县、白玉县、江达县三县的交界之处，赋予了它前所未有的交通区位优势。这一优势如同一把钥匙，为雨托新村解锁了发展的新路径，引领着村民们走出了一条独具特色的乡村振兴之路。

为了充分利用这一优势，雨托新村积极响应"一村一产业"的发展号召，将目光投向了现代农业，特别是蔬菜种植产业。在金沙江畔的肥沃土地上，一排排整齐划一的蔬菜种植大棚拔地而起，成为雨托新村的一道亮丽风景线。这些大棚巧妙地利用起了新房门前的空地，发展起了庭院经济，让每一寸土地都焕发出了勃勃生机。

为了保障蔬菜种植产业的顺利发展，县里给予了雨托新村大力支持。不仅免费为村民们提供了优质的蔬菜种子，还派遣了专业的农技员常驻村上，为村民们提供全程的技术指导和培训。在农技员的悉心指导下，村民们学会了科学的种植方法、掌握了病虫害防治的技巧，使蔬菜的产量和质量都得到了显著提升。

村民们纷纷投入蔬菜种植的热潮中，在村民次仁永宗新居院坝一角，有一座小巧精致的蔬菜大棚，以前，村民们若想品尝一口鲜嫩的青菜，还得到乡上、县上去买，路途很遥远。如今，自家院坝里有了蔬菜大棚，新鲜蔬菜成了餐桌上的"熟面孔"，这些蔬菜不仅丰富了村民们自家的餐桌，让他们吃上了新鲜、健康的蔬菜，还通过销售为家庭带来了经济收入。

除了蔬菜种植产业的不断发展壮大，雨托村筹集资金160万元，成立了花卉种植合作社，并动员村民以土地流转方式参股发展花卉产业。种植的花卉被县市政和白玉县、西藏昌都市等单位和个人提前预订，实现"订单式"种植，大大提高了村集体收入。"雨托花园"作为龚垭镇雨托村的集体产业之一，为往来旅客提供餐饮、聚会服务，已经连续三年为村民带来近25万元的分红收入。

"搬得进、稳得住、能致富",现在的雨托村已成为德格县闻名遐迩的旅游接待点,80千米外的阿木拉村也穿上了"新衣"。

阿木拉村东与新龙县银多乡、白玉县赠科乡相邻,南与白玉县登龙乡毗邻,西与麦宿镇相连,北与马尼干戈镇交界且与省级新路海自然保护区接壤,属纯牧业村,区域内有野生动物自然保护区1处,占地35 915.41公顷,森林面积约4887.3亩,保护区内有白唇鹿、獐子、梅花鹿等多种国家一、二级珍稀动物。

习近平总书记强调,保护好自然生态,将传统村落风貌和现代元素结合起来,把乡村建设得更美丽。德格县深刻践行了"因地制宜、因村施策"的发展理念,紧密结合当地自然环境、经济条件以及农牧民群众的实际需求与美好愿景,展开了一场深刻而细致的房屋改造与建设行动。

这项工作不仅仅是对传统居住环境的简单升级,更是一次对乡村风貌、文化传承与村民生活质量全面提升的深刻变革。

在规划与实施过程中,县上充分尊重并融入了当地独特的民族特色与文化元素,确保每一幢新建的房屋都能成为展现地方风貌、传承民族文化的亮丽名片。同时,在保障住房安全、舒适的基础上,进一步提升房屋的实用性与美观度的设计理念,使得新居既满足了村民们日常生活的需要,又成为乡村美景中不可或缺的一部分,真正实现了人居环境与自然生态的和谐共生。

自2022年起,阿木拉村便驶上了房屋改造与建设的快车道。

那一年，87户农户在政府的大力支持下，每户获得了8万元的补助资金，用于自建新居。这些新居的落成，不仅极大地改善了村民们的居住条件，更为整个村庄注入了新的活力与希望。进入2023年，阿木拉村继续深化这一工作，通过统规统建的方式，为29户村民提供了分散安置的新居。2024年，将计划实施108户住房建设（包括56户分散安置与52户集中安置），进一步巩固和扩大了房屋改造与建设的成果。

随着一幢幢新居的拔地而起，阿木拉村的面貌发生了翻天覆地的变化。昔日简陋、陈旧的房屋逐渐被宽敞明亮、设计新颖的住宅取代，村民们的生活品质得到了显著提升。他们纷纷搬进新居，脸上洋溢着幸福和满足的笑容，对未来的生活充满了期待与憧憬。

为了做好集中安置点的规范化建设，德格县还加快推进白垭乡尼珠村、错阿镇马达村、打滚镇芒布村三大中型集中安置点的建设步伐，每一步都坚实有力，见证了从荒凉到繁荣的华丽蜕变。截至目前，易地搬迁的劳动力大军中，已有2811名踏上了务工就业的新征程，他们的身影成为乡村振兴路上最亮丽的风景线。

在农房建设上，德格县大力实施"农村危房改造、土坯房（无房）新造、易地搬迁重造、避险迁造、整村住房提升改造"等农房"五造"工程。累计投入7.23亿元，实施"农房五造"工程新建房6973户，十个集中安置点的拔地而起，不仅让1469户

6278名贫困群众告别了昔日的风雨飘摇，更让216户863名同步搬迁的群众共享了发展的红利。为了确保搬迁群众能够真正"住有所居，居有所安"，德格县将基础设施配套视为搬迁后续工作的重中之重。

截至目前，德格县新改建藏房16 140户，新建通信基站303个，建成通乡通村硬化路和村内主通道1592千米、联户路10 105户，实现12 035户农村饮水安全巩固提升、8446户国电并网升级，171个行政村全部实现通信网络、生活用电、安全饮水、广播电视等全覆盖。

在解决住房问题的同时，德格县深刻认识到"输血"不如"造血"的道理，积极拓宽产业培育路径和就业致富渠道。依托党建引领，大力发展庭院经济，产村相融的新模式遍地开花。"雨托花园"花卉培育基地的芬芳、尼珠蔬菜种植基地的翠绿、藏猪养殖基地的兴旺，这些产业的蓬勃发展，有效带动了贫困群众人均增收超过2000元，彻底摆脱了"住上好房子却过穷日子"的困境，让搬迁群众真正实现了"搬得来、住得下、过得好"的幸福生活梦想。

在乡村振兴与城镇更新的双重奏章中，德格县正以前所未有的力度绘制城乡共融的壮丽画卷。乡村，不再是单一的田园牧歌，而是换上了新时代的绚丽衣裳，展现出勃勃生机。与此同时，县城的老旧小区与"城中村"也迎来了蜕变良机，共同编织着城乡和谐共生的美好愿景。

针对老藏医院、廉租房一期等老旧小区，德格县精准施策，将完善配套基础设施与加装电梯工程列为重中之重，旨在从根本上改善城镇居民的居住环境，让"老居民"也能享受到"新生活"。通过这一系列改造，不仅提升了居民的生活质量，更促进了安全健康、设施完善、管理有序的新型城镇建设，让城市更新，打造看得见、摸得着的幸福升级。

在"城中村"改造方面，德格县同样不遗余力。通过实施绿化、亮化、美化、净化四大工程，以及供排水、水电网、通信网、电气线路、入户道路及污水管网的全面改造，班达村、柳林子、司根龙、尼根德、藏医街、欧普村城区组等县城的"城中村"正逐步摆脱脏乱差的旧貌，焕发出新的活力。同时，加强消防设施建设、完善垃圾收集转运体系、加大环境整治力度、全方位提升群众的生产生活条件，为创建全国卫生县城奠定了坚实基础。

二、一滴水的力量

马尼干戈镇格公村，平均海拔4100米，气温低，位于雀儿山以东，处于S217沿线，距马尼干戈镇政府10千米，草场辽阔，属于纯牧业区，常年以养殖牦牛为主要收入，全村总人口238户1163人。然而，往昔的岁月里，格公村却笼罩在一片用水难的阴影之中。

过去，村民们不得不每天踏上崎岖的山路，跋涉至 1 千米外的水洼或更远的山沟，只为那一滴滴珍贵的却并不清澈的水。每当回忆起那段时光，村里老人总是感慨万千。

"那时候，背水还要排队，就用那个小水瓢，每天背水来回就得几小时。"

而今，这一切已成为过眼云烟。自 2019 年德格县启动"安全饮水工程"以来，格公村发生了翻天覆地的变化。25 口水井、2 个集中供水水池、41 个取水桩以及 38 个散户取水点实现全覆盖安全用水，彻底解决了村民们的饮水难题，水质达到生活饮用水卫生标准，清澈甘甜的自来水不仅流入了每一户人家，更流进了村民们的心田。

"现在好了，水龙头一拧，清水自来，再也不用为用水发愁了。"村民们满脸洋溢着幸福的笑容，自从有了自来水，他们的生活变得更加便捷和舒适。

从"有水喝"到"喝好水"，德格县在推进农村饮用水安全上全力推进全县的饮水工程。

上燃姑乡，平均海拔约 3700 米，过去这里水资源短缺，饮用水供应成了困扰他们的重大难题，严重影响了日常生活与生产活动。

为了彻底根除上燃姑乡农村饮水安全的顽疾，一场旨在全面提升农村饮水安全水平的攻坚战悄然拉开序幕，一系列精准的安全饮水项目，成功惠及亚西村、麻邛村、夺巴村等重点区域 4600

余名农牧民，极大地改善了他们的饮水条件。

随着项目的顺利竣工，上燃姑乡的供水状况发生了翻天覆地的变化。供水量显著增加，水质也得到了显著提升，彻底解决了长期以来存在的供水保障率不足、水质合格率偏低等问题。如今，清澈甘甜的自来水流淌进每一户农牧民家中，他们终于能够轻松便捷地享用到安全放心的饮用水了。

上燃姑乡饮水安全问题的成功解决，是德格县饮水安全工作成效的一个生动缩影。

饮水安全，事关民生大事。自农村饮用水工程项目启动以来，德格县持续加大投入力度，积极争取中央、省、州及地方自筹资金共计2.4亿余元，全面推进农村饮水工程基础设施建设。截至2020年底，德格县已累计解决了全县23个乡镇、162个行政村及3个居委会共计8.87万人的安全饮水问题。

水的力量毋庸置疑，从"有水喝"到"喝好水"，德格县无疑交出了一份亮眼的答卷。解决了饮水问题后，德格县将目光转向了农村生活污水的处理。

只有全面改善农村环境质量，才能真正擦亮乡村振兴的"底色"，为这片土地带来更加繁荣、和谐与可持续的未来。德格县以实际行动让乡村环境"美"起来，为乡村振兴注入强劲的绿色动力。

污水的无序排放不仅严重污染了乡村的自然环境，威胁到村民的身体健康，还阻碍了乡村旅游业等绿色产业的发展，制约了乡村经济的转型升级。

因此，一场以"绿色、生态、可持续"为核心理念的农村生活污水治理战役在德格大地上悄然打响。

为了进一步加速农村环境质量的提升，德格县积极争取到了中央资金3018万元，全力推进"德格县玉隆乡火燃村等22个行政村农村生活污水治理项目"。这一举措不仅彰显了政府对于农村生态治理的高度重视，也体现了财政投入向农村倾斜的坚定决心。通过项目的实施，这些村庄的污水治理体系得到了显著加强、生态环境得到了有效改善。

自2019年起，德格县便采用了"集水池＋户用化粪池"的分散式治理模式，成功完成了70余个行政村的农村生活污水治理工程，总投资额高达4300余万元。这一模式不仅有效解决了农村污水收集难、处理难的问题，还充分考虑了农村地区的实际情况，实现了资源的高效利用和环境的和谐共生。

在资金筹集方面，德格县更是多管齐下，积极争取各类专项资金的支持。无论是垃圾污水三年推进项目资金、城乡发展专项资金，还是生态转移支付资金，都被该县巧妙地运用到了污水垃圾处理设施的建设之中。通过投资6425万元实施生活垃圾热解气化项目、5209.4万元建设污水处理设施以及投入822万元采购各类环卫设备等措施，德格县的人居环境整治工作取得了显著成效，垃圾处理能力和污水处理能力均得到了大幅提升。

截至2024年，"德格县玉隆乡火燃村等22个行政村农村生活污水治理项目一期工程"已完成，正在开展竣工结算审计工作，这一成果不仅是对前期努力的最好肯定，也为后续的二期工程提供了宝贵的经验和信心。2024年，德格县已争取到中央资金1631万元，对火燃村等13个行政村开展污水治理，目前该项目已完成财评工作，后期将有序推动项目进程。

为确保农村生活污水得到有效治理，德格县还紧密结合人居环境整治工作，创新思路，建立健全了网格化管理体系，将乡村划分为若干网格，明确责任人，实现精细化管理，认真落实"门前三包"制度，完善乡村基础设施，持续推进农村"厕所革命"。

走进德格县八帮乡下白卡村村民家，宽敞明亮、干净整洁的新厕所里热水器、冲水便池一应俱全，这一变革的背后是德格县深入实施"政府推动＋群众参与＋财政奖补"的创新模式，现在下白卡村家家户户都按照"水冲式＋三格化粪池"的模式完成了户厕改造使用，污水处理率达到90%。

在推进人居环境整治过程中，德格县还积极响应"千村示范"工程号召，持续推动美丽乡村建设，稳步提升人居环境整治成效。现在的乡村路面干净整洁，生活垃圾放到统一收集点；在农业面源污染治理方面，持续做好农药化肥使用量零增长，加强秸秆、畜禽粪污综合利用和农业投入品无害化处理，全年秸秆综合利用率达90%，粪污综合利用率达82%。群众切身感受到了整治以来的变化。

截至2024年，建成乡村振兴示范村6个（精品村1个）［错阿镇错通村（精品村）、玉隆乡绒青村、八帮乡下白卡村、岳巴乡日炯村、更庆镇五一桥村、汪布顶乡西巴村］，成功创建省级乡村振兴示范村1个（麦宿镇美丽村）、乡村振兴重点帮扶优秀村1个（阿须镇磨勒村）。

第三节 "生态碗"变成了"旅游饭"

德格县凭借其得天独厚的旅游资源、底蕴深厚的文化优势，巧妙地将生态之美与旅游之需相融合，在"+旅游"这一创新模式上大做文章，不仅保护了绿水青山，更让这片土地焕发出了新的生机与活力。通过精心策划和布局，一个个生态旅游项目如雨后春笋般涌现，既保留了乡村的原汁原味，又赋予了它们新的时代内涵。

在推进全域旅游的过程中，德格县坚持生态优先、绿色发展的理念，将生态美丽与富裕有机融合。他们注重保护生态环境，避免过度开发和破坏，同时积极探索生态产品的价值实现机制，让绿水青山真正变成了"金山银山"。通过发展生态旅游、生态农业等绿色产业，德格县成功将资源优势、生态优势转化为经济优势、发展优势。

驱车缓缓前行，在 G317 的蜿蜒引领下，我们追寻着色彩的足迹，寻找大自然最纯粹的味道。德格县柯洛洞乡郎达村就通过大力发展生态旅游产业，吸引了更多外地游客游览当地自然胜景、体验特色藏族文化。位于德格县柯洛洞乡东南部的野花地农家乐，由四川省水利厅东风渠管理处投入帮扶资金 107.73 万元建设，2019年，德格县委、县政府通过整合资源再投资200万元对其进行升级打造，使其不仅成为一个集休闲、娱乐、餐饮于一体的多功能场所，更成为推动当地经济发展的重要引擎。

自开业以来，野花地农家乐凭借其独特的自然风光、地道的农家美食和优质的服务，迅速赢得了游客的青睐，成为当地一道亮丽的风景线。其经济效益显著，当年即为郎达村农村合作社带来了3万元的经济收益，更为重要的是，它创造了宝贵的就业机会，不仅提供了4个长期稳定的就业岗位，还灵活安排了超过500人次的临时工作，有效解决了当地群众外出务工难的问题，促进了家庭收入的增加和社会稳定。

而与野花地农家乐相邻的梅花鹿养殖基地，则是另一处展现人与自然和谐共生的典范。梅花鹿养殖专业合作社自2018年成立以来，迅速壮大，依托"专合社+农户"的创新模式，积极拓宽市场，主打优质梅花鹿种鹿、鹿茸、鹿肉、鹿血等鹿副产品，远销世界各地，深受消费者喜爱。2019年，其实现分红17万余元，直接带动了周边群众的脱贫致富之路，其辐射效应更是惠及了7个乡镇，为区域经济发展注入了强劲动力。

郎达村能够取得如此成绩，离不开其得天独厚的地理优势和日益成熟的养殖条件。为进一步发展梅花鹿养殖产业，郎达村主动作为，积极与九龙县潜龙商贸有限公司、德格县达玛镇、俄南等六个乡镇展开合作，共同融资超过500万元，实现了从产业空白到规模化养殖，再到盈利分红的跨越式发展。这一系列举措不仅壮大了集体经济，也激发了村民的内生动力，为乡村振兴注入了新的活力与希望。

沿着国道继续前进，在广袤无垠的蓝天白云之下，色曲河如一条银色的绸带，轻轻围绕着西布这片充满魅力的藏家村寨，它仿佛是大自然精心雕琢的瑰宝，悄然间成为德格县全域旅游版图上最为耀眼的一颗新星。

这里，青山与绿水交织成一幅动人心魄的画卷，每一缕风都携带着高原特有的清新与纯净，每一片云都承载着藏民族深厚的文化底蕴与对生活的热爱。

西布村，一个以美丽蜕变著称的地方，它不仅仅是一个村寨的名字，更是乡村振兴的一个生动实践。近年来，西布村积极响应国家号召，从改善最基本的人居环境入手，通过美化村容村貌、强化基础设施建设，逐步构建起一个既保留传统藏式风情又不失现代生活气息的美丽乡村。一幢幢土木结构的藏式民居，在蓝天白云的映衬下更显古朴雅致，它们错落有致地排列着，仿佛是大地上跳动的音符，演奏着属于西布村的独特旋律。而一条条干净整洁的水泥村道，不仅方便了村民的日常出行，更成为连接外界、展示西布村新风貌的桥梁。

在美丽藏家村寨的打造过程中，西布村深谙"授人以鱼不如授人以渔"的道理，通过一系列创新举措，激发了村民从依赖外部援助到主动创造财富的内在动力。立足本村实际、深挖特色资源，西布村以旅游发展为引擎，依托得天独厚的地理优势和丰富的民族文化资源，精心规划并建设了"德格·花香藏寨"这一生态产业综合体。该项目集农家体验、餐饮、娱乐等多种功能于一体，不仅为游客提供了一个亲近自然、体验藏文化的绝佳去处，更为西布村的经济社会发展注入了强劲动力。

"德格·花香藏寨"的成功运营，不仅带来了可观的经济效益，更在潜移默化中改变了村民的生活方式和思想观念。通过优先聘用贫困户参与经营管理，并提供专业的旅游技能培训，西布村不仅帮助贫困户实现了稳定增收，还提升了他们的就业技能和市场竞争力，激发了他们自力更生、勤劳致富的强烈愿望。随着村民收入的增加和生活条件的改善，一种感恩奋进、积极向上的社会氛围在西布村悄然形成，村民们对美好生活的向往和追求也更加坚定。

展望未来，西布美丽藏家村寨将继续秉承"将生态优势转化为发展优势"的理念，进一步深化乡村旅游与藏家乐的融合发展，努力打造成为甘孜州、全省乃至全国的乡村旅游示范点。在保护中开发，在开发中保护，西布村正以更加开放的姿态和坚定的步伐，向着更加美好的明天迈进。

2023年，德格县以其得天独厚的自然风光和丰富多彩的乡土文化，成为游客们心中的理想之地。从巍峨壮丽的山川湖海，到古朴宁静的乡村田园；从历史悠久的文化遗址，到热闹非凡的民族节庆，每一处都散发着独特的韵味，让游客们流连忘返，沉醉其中。他们在这里不仅领略到了大自然的鬼斧神工，更深刻感受到了德格县深厚的文化底蕴和淳朴的民风民情，据统计，德格全年共接待国内外旅游人数高达84万，旅游总收入也达到了令人吃惊的9.24亿元。许多农民群众依托当地的旅游资源，纷纷转型吃上了"生态饭"。他们通过发展农家乐、民宿、特色农产品销售等旅游相关产业，不仅实现了收入的稳步增长，还提升了自身的生活品质和精神面貌。

在2023年川渝气候生态品牌产业发展大会的璀璨舞台上，四川省甘孜州德格县以其得天独厚的自然条件与深厚的文化底蕴，获得了"避暑旅游目的地"与"巴蜀气候康养地"两项殊荣。这两项荣誉不仅是对德格县自然美景的认可，更是对其在生态振兴道路上不懈努力的肯定。

新路海，这个在藏语中寓意着"倾心之湖"的圣地，海拔高达4100米，宛如一颗镶嵌在高原之上的蓝宝石，其美名"玉龙拉措"源自古老的藏族英雄史诗《格萨尔王传》。传说中，格萨尔王的爱妃珠姆对其一见钟情，那份对自然之美的纯粹向往，跨越时空，至今仍让无数旅人沉醉。湖水清澈，源自雀儿山冰川与积雪的馈赠，周围被郁郁葱葱的高原植被所环抱，云杉、冷杉、柏树与杜鹃竞相生长，草甸上珍禽异兽悠然自得，湖中野鸭嬉戏成群，夏秋之际，更是山花烂漫，美不胜收，仿佛人间仙境，令人心旷神怡。

作为我国最大的冰川终碛堰塞湖，玉龙拉措不仅承载着自然之美，更承载着生态保护的重任。自1995年起，这里便成为州级自然保护区，随后更是升级为省级自然保护区，特别是作为白唇鹿的重要栖息地，其生态价值不言而喻。州政府与县政府的高度重视与精心规划，携手四川康定机场集团，以高度的责任感与前瞻性的视野，提出了"飞机+旅游+全产业模式""保护性开发"及"高端旅游服务"三大发展战略，旨在将玉龙拉措打造成集自然风光、文化体验与生态保护于一体的世界级雪山公园，让这份自然遗产得以永续传承。

随着G317川藏线的畅通无阻，2024年玉龙拉措开园，玉龙拉措的静谧与秀美将更加便捷地展现在世人面前。这一系列举措，不仅将极大地促进德格县乃至整个甘孜州的生态旅游发展，更为国家生态文明建设示范区、国家全域旅游示范区和国际生态文化旅游目的地的建设奠定了坚实的基础，展现了人与自然和谐共生的美好愿景。

德格县将继续秉持"绿水青山就是金山银山"的发展理念，深入挖掘和整合旅游资源，加强旅游基础设施建设和服务质量提升，努力打造更多具有特色的旅游产品和线路。同时，注重旅游与文化的深度融合，让游客在游览过程中不仅能够欣赏到美丽的风景，更能够感受到德格县深厚的文化底蕴和独特的风土人情。

CHAPTER 4 第四章

幸福踏歌来，文化创新焕发"大繁荣"

第一节　乡村振兴，文化先行

一、格萨尔文化

在乡村振兴的宏伟征程中，"铸魂"与"塑形"同等重要，"文化"作为乡村的灵魂所在，这个共八画的词组，在一撇一捺间勾勒出振兴的根脉。它宛如深埋于土地中的种子，只要悉心浇灌，便能为乡村发展提供源源不断的养分。总之，重视文化是乡村振兴的必由之路，能让乡村绽放出独特魅力，实现可持续的繁荣发展。

置身川西高原，德格县承载着深厚的历史文化底蕴，它是康巴文化的发祥地之一，也是藏族传统文化保存最为完整的地区之一。在这片土地上，古老的文化传统与现代社会相互交融，人们坚守着祖辈传承下来的文化瑰宝，同时也以开放的心态迎接着时代的变迁。

德格的文化，不仅是藏族人民的精神支柱，更是中华民族多元文化宝库中的一颗璀璨明珠，闪耀着独特而迷人的光芒，吸引着世人的目光和探寻。精湛的传统民间手工艺技艺、南派藏医药发源地、十八军进藏红色历史文化等，共同构成了善地德格独具民族特色的文旅融合资源。与此同时，"康巴文化中心""格萨尔王故里""南派藏医药发祥地"三大文化旅游品牌熠熠生辉，成为独一无二的德格名片。

盛夏时节，走进格萨尔王故里阿须，广袤无垠的阿须草原仿若碧绿翡翠镶嵌在大地之上，微风拂过，牧草摇曳，似是在低声诉说昨天的故事。多年前，格萨尔王在这里出生、成长，开启了传奇的一生。多年后，英雄史诗《格萨尔王传》问世，打破了黑格尔关于"中国无史诗"的论断。直至今天，英雄格萨尔王的事迹仍被口口相传，世界上最长史诗《格萨尔王传》仍占据着不可撼动的地位。

在德格县境内，格萨尔纪念馆、格萨尔寝宫、甲察城堡、三十员大将、城堡遗址等遗迹，甲察大将守护西大门、珠姆织布架、珠姆温泉等传说故事，以及全县大多数寺庙收藏有与格萨尔王有关的文物等，均彰显着格萨尔文化在当地的深厚底蕴和重要地位。

习近平总书记曾在不同场合多次提及并强调，要重视少数民族文化保护和传承，支持和扶持《格萨（斯）尔》等非物质文化遗产，培养好传承人，一代一代接下来、传下去。在全面学习贯彻习近平总书记有关指示精神后，德格县为传承和保护格萨尔文化付出了诸多努力，通过扩大传承队伍、举办节会、开展非遗课堂等举措，格萨尔文化焕发出新的生机与活力，为全县文化振兴锦上添花。

对每一个土生土长的德格人来说，提及格萨尔文化，格萨尔说唱和格萨尔藏戏是始终离不开的话题。其中，格萨尔说唱是在讲述格萨尔传奇故事时搭配歌唱表演的一种曲艺，德格县的阿尼老人是远近闻名的格萨尔说唱艺人；格萨尔藏戏发源于德格县竹庆寺，至今已有130多年的历史，平常演出时格萨尔藏戏需由数十名演员同跳，表演人数多时可达180余人。

2022年11月，"2022四川非遗年度人物"评选活动公布了30位提名人名单，德格县国家级非物质文化遗产代表性项目格萨尔的代表性传承人阿尼名列其中。从15岁与格萨尔说唱结缘至今，阿尼能够用80多种唱腔说唱《格萨尔王传》，从业近60年来，他广泛收集散落在民间的格萨尔说唱文本并进行潜心研究，他常年游走在乡间牧场，为农牧民传授格萨尔说唱技艺。

在阿尼心中，把格萨尔说唱艺术传承下去是其毕生的心愿。这些年说唱《格萨尔王传》，阿尼发现里面的很多故事都有现实意义，比如教育人们家庭要和谐、民族要团结等。对于阿尼多年如一日的坚持，一些人会好奇为什么一辈子都在唱？每到这时候阿尼就会骄傲地回答："除了谋生，格萨尔说唱本来就是民族文化的瑰宝，值得用一生去传承发扬。"

一段时间里，各种"新鲜玩意儿"让人们有了更多的选择，而格萨尔说唱这种"老古板"的艺术形式越来越得不到年轻人的青睐，加上老艺人的相继离世，阿尼意识到寻找接班人迫在眉睫。阿尼的儿子尼玛曾是格萨尔说唱传承的主要对象，但尼玛会的说唱有限，阿尼仍然揪心，直到德格县成立了格萨尔说唱培训班，阿尼有了传唱的好机会。

格萨尔说唱培训班设在德格县中学，是县文化广播电视和旅游局携手德格县中学联合开展"非遗进校园"工作的亮点之一。这个说唱班开班已有13年的历程，这期间，在阿尼的言传身教下，千余名学生亲身感受和体会了格萨尔说唱的魅力。

除了课堂教学，阿尼还注重格萨尔说唱的传播。2023年底，在德格县赴浙江富阳开展主题演出期间，阿尼就在杭州著名景点雷峰塔里表演起了格萨尔说唱，民族服饰与银发老人的搭配本就抢眼，独特唱腔一出，更是瞬间引起了游人们对德格县和格萨尔说唱的好奇。

近年来，随着振兴活水的不断注入，德格格萨尔藏戏也被描摹得更加绚丽。当以歌颂、缅怀史诗英雄格萨尔为主题的格萨尔藏戏一次次演绎神秘气息，《诞生记》《赛马登位》《施发大食财宝》等精彩剧目开始被更多的人熟知，这从另一个层面讲，也为德格格萨尔藏戏的保护和传承贡献了力量。2024年2月19日，文化和旅游部公示了第六批国家级非物质文化遗产代表性传承人推荐人选名单，德格格萨尔藏戏传承人多单（登达）上榜。

值得一提的是，受益于文化振兴的全过程、全领域，2021年，德格县中学成功申报为四川省曲艺学校，并建立了"德格县青少年非遗传承技能人才培训基地"，开设了"格萨尔百人说唱班""格萨尔藏戏班"等非遗传承班。

文化，犹如一条源远流长的生命之河，它的振兴与发展还需更加多元的保障，比如还可以借展览、演出、比赛等活动，加强格萨尔文化的宣传和推广，提高社会大众对格萨尔文化的认知度和关注度。德格县认为，更好传承和保护格萨尔文化，举行活动、加强宣传和推广，可以打破时间的枷锁，让古老的智慧在当下绽放光芒。因为无论过去、现在还是将来，文化都不是孤立的存在，唯有在交流与传播中不断丰富和壮大，文化才能更好地碰撞和融合，才能拓宽视野与边界，最终实现文化振兴这个目的。

2022年11月12日，是一个对错阿镇扎西持林格萨尔文化苑十分重大的日子。这天，全国格萨尔办公室主任诺布旺丹，四川省文化和旅游厅原副厅长、一级巡视员泽波，甘孜州康巴文化研究院负责人，德格县四大班子及县文联、格萨尔文化研究学者共计百余人相聚一堂，共同庆祝"格萨尔文化传承和保护示范基地"授牌仪式的圆满举行。在一阵阵热烈掌声中，牌匾被接过，从此，错阿镇扎西持林格萨尔文化苑正式成为格萨尔文化传承和保护示范基地。

在热烈而庄重的仪式上，诺布旺丹对德格县格萨尔文化工作给予了高度肯定。他指出，格萨尔文化流传区域广泛，涉及国内外多个民族地区，见证着我国各民族的交往交流交融和文化创造力；同时，格萨尔文化不仅是唐卡、藏戏、弹唱等传统民间艺术创作的灵感源泉，也是文学、影视、舞蹈、音乐、美术等现代艺术的源头活水，对各种文学艺术形式的繁荣发展产生了巨大的促进作用，希望德格县珍惜和保护好格萨尔文化，保护传承格萨尔文化的艺人、格萨尔文化的文本、格萨尔文化的文化语境，不断挖掘和传承好格萨尔文化，做到文化自信自强。

话音落地，鼓舞与憧憬又一次弥漫开来。乘着振兴之风，德格格萨尔文化在任重道远中拉开了奋进之弦。

2023年5月，由德格县社科文联牵头的富阳德格文化交往交流交融项目"格萨尔文化曲艺展"在康巴文都民族团结广场举行。活动中，说唱艺人们先后上台表演，扎西持林格萨尔文化苑研究基地带来的格萨尔舞蹈《岭卓》等节目，充分表现了格萨尔文化的深厚底蕴和传承决心。它们生动展现了格萨尔文化源远流长的历史脉络和丰富多元的内涵，让现场观众深刻感受到其作为民族瑰宝的独特魅力，同时也看到了德格县对传统文化传承的坚守与执着。

从江苏自驾来到德格的游客高润东感叹道："这是我第一次来德格，以前在电视里看到过格萨尔文化相关表演，但在现场观看太震撼了。"本次"格萨尔文化曲艺展"，让高润东近距离接触了当地的民族文化，丰富了个人经历，让他感到不虚此行。

2023年6月，德格县开展了格萨尔文化风物遗址遗迹采风活动。活动中，采风人员收集到了千余件格萨尔文化遗址遗迹和百余件格萨尔文物图片，而它们都将成为中国·格萨尔数据库德格篇的"新成员"。

中国·格萨尔数据库德格篇由甲央齐珍、格勒彭措、刘安全等格学专家指导，由国家级格萨尔说唱艺人阿尼、省级格萨尔说唱艺人白玛益西等人参与，拟将德格的格萨尔非遗文化分为图片库、音频库、视频库、说唱曲谱等以"数字化"方式进行收集、抢救和整理。格萨尔文化不仅是传统民间艺术创作的灵感源泉，也是现代艺术的源头活水，中国·格萨尔数据库德格篇对德格县境内 23 个乡镇、21 座寺院格萨尔文化风物遗址遗迹的记录和整理成册，必将为后人传承、研究、利用格萨尔文化留下宝贵资料，以此促进格萨尔文化研究工作，进一步推进中华民族文化自信自强，增强中华文明影响力，铸就社会主义文化新辉煌。

2023 年 7 月，德格县首届《岭·格萨尔》故里文化艺术节的举行再度为格萨尔文化的传承和保护增添了朝气。活动期间，格萨尔藏戏、格萨尔说唱、赛马、歌舞等节目精彩呈现，一次次将艺术节现场气氛推向高潮。在欢乐祥和的氛围中，社会主义核心价值体系建设得到弘扬、民族情感和爱国情怀得到增强。两个月后，第二届德格县民间文创交易盛会开幕，舞蹈《传承》《查木·岭》《岭域欢聚舞曲》《岭卓》，歌曲《岭格萨尔》和说唱表演，再次多形式、全方位展现了德格厚重的格萨尔文化积淀。这些活动背后，是格萨尔文化为构建和谐社会，不断推动德格社会经济高质量发展贡献力量的鲜明决心。

仅 2023 年间，德格县就开展了多场有关格萨尔文化的活动，足以体现格萨尔文化的强大生命力和深远影响力。到了 2024 年 8

月,德格县首届岭·格萨尔王音乐季系列活动魅丽来袭,尤其作为重头戏的《岭·格萨尔王》音乐剧的上演,实现了格萨尔文化传承的新进阶。

该剧目以《格萨尔王传》为蓝本,巧妙融合现代音乐剧的艺术表现手法,跨越时空的界限,重现格萨尔王英勇善战、智慧超群的英雄形象,并融合文化消费、城市营销等场景,打造了"岭·格萨尔王文化"特有品牌。

"《格萨尔王传》恢宏的历史,也是本次创作探索的核心。"《岭·格萨尔王》音乐剧总导演、德格籍歌手亚东表示,希望通过现代音乐剧的形式,让这个传承千年的传说再度焕发生命力。

《岭·格萨尔王》音乐剧首演当天,德格籍著名歌手亚东、降央卓玛、泽翁还为现场观众倾情演唱了本场音乐剧主题曲《寻找你,格萨尔王》。

梳理以上内容,可见这些活动对德格县格萨尔文化传承与保护而言,是一种勇闯新征程的必然使命担当,是德格县对格萨尔文化的尊重与敬畏,承载着德格民族的记忆和灵魂。古老的文化在现代社会中重新发声,是德格人民赋予格萨尔文化新的表达,是为了让大家懂得:保护和传承格萨尔文化不仅是个人的情感寄托,更是对民族、对历史的庄严承诺,也是对格萨尔文化传承与保护漫漫征程的不懈探索。

二、传统手工艺与非遗

文化振兴是乡村振兴的题中应有之义，对乡村振兴具有引领和推动作用。那么，如何用更多的文化力量焕发乡村新气象呢？在全力保护和传承格萨尔文化的同时，德格县将目光聚集在了传统手工艺文化与非遗文化之上。在德格，传统手工艺文化宛如一座神秘而宏大的宝库，无尽的珍宝令人目眩神迷。它们似繁星点点，各自闪耀着独特的光芒。

从历史的维度审视，这些手工艺承载着数代德格人的智慧与情感。它们的每一道纹路、每一种技法都诉说着过去的故事、铭刻着先辈们的生活轨迹与精神追求。若不加以保护和传承，德格将失去与历史对话的珍贵桥梁，如同无根之木、无源之水，在现代的喧嚣中迷失方向。

从文化的角度来看，传统手工艺文化是德格县独特文化的重要组成部分。它们是地域文化的生动体现，反映了当地人民的审美情趣、价值观念和生活方式。保护和传承这些手工艺，就是守护德格县文化的多样性与独特性，使其在全球化的浪潮中依然能够保持鲜明的个性。

从人类精神的层面剖析，手工艺制作过程中的专注与耐心是对浮躁功利的一种无声抵抗。它培养了人们的匠心精神，让人们在快节奏的生活中学会沉淀与坚守，而这种精神，恰是滋养心灵、塑造品格的重要养分。因此，保护和传承德格县传统手工艺文化，不仅是对历史的尊重、文化的守护，更是对人类精神家园的建设以及地方发展的有力推动。

距离德格县城100多千米的苍茫群岭之间，隐藏着一座被称为"传统民族手工艺之乡"的小镇——麦宿镇。岁月流转中，它似一位谦逊的智者，静静守望着木雕、泥塑、彩绘、铜铸等民族手工艺，在山川交融中展现着民族精神的具象表达，演绎传承与创新的时代佳话。

曾经的麦宿，因为交通闭塞、条件落后，成为德格脱贫攻坚时期的主战场。如今的麦宿，凭借传承保存完好的民族手工艺文化之乡，成为德格乡村振兴发展的"试验田"。在这里，铜铸、噶玛嘎孜唐卡绘画、牛毛绒编织、木雕、土陶、藤编等20余种具有多元性、复合型特色的藏族传统民族手工艺，让全镇拥有了文旅融合发展的先天优势。

2022年，湖南卫视《天天向上》栏目、浙江卫视《"食"万八千里》真人秀先后奔赴麦宿镇，深度体验噶玛嘎孜唐卡绘画、牛毛绒编织等工艺品制作加工，过程生动有趣，成果美观漂亮。将"麦宿手造""非遗"文化体验精彩地展示给全国观众，收获了热烈的反响，赢得了巨大的网络流量。作为"四川省非遗物质文化项目体验基地"，该镇现已建成麦宿民族手工艺展览、展销、展示中心以及游客中心，并成功申报国家3A级旅游景区，可为游客提供集观光、购物、体验于一体的旅游服务。

开展乡村振兴以来，为了让这些珍贵的手工艺"走出大山"，德格县采取了一系列强效措施。比如注册"麦宿手造"公共品牌，将镇上的手工艺工坊纳入其中，品牌成立后统购统销手工艺品，解决部分销路问题，让传承人专注于技艺，并引导工坊统一品牌标识、提升品牌形象，不断推动物流体系完善。此外，还通过技能培训、增强传承活力、扩大效益、增强现实体验等，帮助麦宿手工艺产品走向更广阔的舞台，从而促进了当地手工艺文化的传承和发展。

2024年5月，成都市青羊区下同仁路皋月画廊内，"麦宿集市"火热开市，来自德格县麦宿镇的17位传统手工艺人齐聚一堂，用一份份匠心托载起麦宿独特的手工艺文化。在彰显传统手工艺魅力的同时，让大家收获体验感和参与感，除"麦宿集市"开市外，手艺体验课和分享会也与大家见面了。听着观展者们的一句句赞叹，麦宿匠人发现，要进一步推动麦宿手工艺传承与发展，既需要经得起检验的"本领"，也需要开拓进取的思维，本次"麦宿集市"开市正是让更多人认识和了解麦宿传统手工艺的一次有力探索。

麦宿匠人的这一发现并非突然兴起，随着乡村振兴的日渐深化，匠人的观念与理念发生了转变，主动性和创新意识也不断提升，传统手工艺文化的"活性"传承得到实现。麦宿"德吉唐卡艺术研究院"便是将传统技艺进行融汇创新的生动实例，这里的画师将唐卡与国画、油画的表现手法相结合，唐卡成品风格多样、画风多元，将传统技法与新内容相结合，使非遗技艺焕发出了新的生机。再以土陶制作为例，麦宿传统的土陶没有太多样式变化，匠人也就按照固定的样式做，而现在的土陶手工艺人具有极强的创新能力，可以根据客户提供的图样进行专门定制，每份作品都是独一无二的。

在无数案例与实践的汇聚中，麦宿匠人明白要在守住传统文化的同时，拥抱这日新月异的新世界，手工艺文化的传承发展才能走得更远。就像麦宿镇党委书记李新才所说，重拾民族记"艺"，要担负起对传统文化继承和发扬的责任感和使命感，这样我们民族的传统文化一定会更进一步地发扬光大。

大致探析德格手工艺文化后继续深究，非遗文化同样精彩纷呈。手工艺与非遗，犹如两条源自历史深处的长河，岁月的流淌间，它们相互交汇、交融，编织出意蕴深厚的德格文化。它们存在包含与被包含的关系，都承载着独特的技艺传承和文化内涵，是民族精神的瑰宝、是历史记忆的活化石、是独有的文化标识。

"全省第二，全州第一！"这是德格非遗资源引以为傲的战绩，而德格的非遗项目和非遗传承人数量也确实对得起这份成绩。德格县州级以上非遗项目共计90项，其中涉及联合国教科文组织世界非物质文化遗产名录4项，涉及国家级非物质文化遗产9项，涉及省级非物质文化遗产10项，州级非物质文化遗产67项。州级以上各类非遗传承人共计367人，其中国家级传承人4人，省级传承人14人，州级传承人249人。同时，拥有全国文物保护单位 2 个，省级文物保护单位 6 个，省级古籍文物保护单位 1 个，州级文物保护单位 14 个。

在德格县巴宫街 13 号，有一幅壮丽之景总是让人震撼留恋，甚至很多人不远千里来到德格就是为了一睹它的芳容，它就是德格印经院。在阳光的映照下，高耸红墙泛着醇厚光泽，闪耀华光的金色屋顶下，飞檐翘角精致灵动，如同展翅欲飞的鸟儿。再往下，立在大门两侧的石柱雕刻着精美图案，推开院门，色彩斑斓的壁画栩栩如生，让人不禁感叹岁月的婉转低吟。

1996 年，德格印经院被国务院列为全国重点文物保护单位，素有"藏文化大百科全书""藏族地区璀璨的文化明珠""雪山下的宝库"等盛名，院内收藏的珍品不胜其数，其中德格印经院院藏雕版档案超群绝伦。早在 2009 年时，德格印经院雕版印刷技艺就被联合国教科文组织列入《人类非物质文化遗产代表作名录》，到了 2024 年 5 月 8 日，德格印经院院藏雕版成功入选联合国教科文组织的《世界记忆亚太地区名录》。当喜讯从联合国教科文组织世界记忆项目亚太地区委员会第十届 MOWCAP 大会现场传回，德格的文化振兴无疑多了浓墨重彩的一笔。

"太激动了！不是所有文献遗产都具有世界意义，但我们申报的德格印经院院藏雕版档案，实至名归！"德格县"申忆"工作领导小组办公室主任、县档案馆馆长达瓦拥西说。这批从 1703 年开始刊刻，至今完整保存着 30 余万块藏族文化的典籍印版，文献总字数达 3 亿之巨，涵盖了 70% 以上的藏文化典籍，包括佛教经典、医学、哲学、天文、历算等，藏书的数量和种类均居我国涉藏地区三大印经院之首。

德格县印经院文物管理中心主任周雪松也坦言，目前，德格印经院藏族雕版印刷技艺是整个涉藏地区唯一保存着并在实际工作中运用着的传统技艺，其他地区均已失传，堪称"中国活版印刷的活化石"。

相传德格印经院藏族雕版印刷技艺发源于公元8世纪初，距今已有1500多年的历史。可见，德格印经院院藏雕版档案远不止是保留传统手工技艺的标本，它承载延续的中国历史文化的厚重过往算得上绝无仅有。

要从众多优秀竞争对手中脱颖而出，德格印经院院藏雕版的"申忆"之路并不容易，自2015年11月27日，甘孜藏族自治州政府组织德格印经院院藏雕版申报《世界记忆名录》工作正式拉开序幕至今，先后耗费了9年光阴。从撰写申报文本、摄制申报片，到召开相关会议、组织翻译工作，再到提名表的反复修改和提交，德格印经院院藏雕版的"申忆"是无数心血换来的。

"我的生命与珍贵的雕版档案紧密交织。"72岁的藏学研究领域专家噶玛降村作为专家组组长，承担了整个项目的策划、材料准备和协调工作。9年里，他向国家级雕刻传承艺人和印经院的老员工请教雕版印刷的专业知识、向宗教界人士和当地老百姓了解德格印经院的保护和运作情况、向藏学专家咨询德格印经院院藏古印版在文化传承中的重要意义，而他所做的这一切，都是为了将德格印经院雕版档案的历史意义、文化价值与影响力以最精确、生动的方式呈现给世界。

在德格印经院院藏雕版的"申忆"路上，德格县党委政府对珍贵文献遗产的保护利用及传承非常重视。趁着文化振兴之际，德格县内外兼修，通过定期检查维修加固印经院主体建筑、每年按计划对馆藏古旧印版维护保养，对院内壁画进行数字化建设、对古文献进行收藏保护等，有效助力了德格印经院院藏雕版的"申忆"。

如今，德格印经院院藏雕版终于圆了"申忆"梦，德格印经院院藏雕版背后的人们也算践行了当初的诺言。对于未来，无论是集体还是个人，持续推进德格印经院院藏雕版申报世界文化遗产、《世界记忆名录》相关工作是他们共同的目标。这一道理的较好佐证如下：

在首届岭·格萨尔王音乐季期间，德格县举行文化传承和保护工作座谈会，正式启动了德格印经院院藏雕版档案申报《世界记忆名录》工作。德格县"申忆"领导小组相关负责人表示，将以"申忆"为契机，做好中华优秀传统文化的"创造性转化、创新性发展"实践，加大记忆遗产保护和宣传力度，让"文化德格"品牌越擦越亮。

若用恢宏大气形容德格印经院院藏雕版，那么德格藏文书法、德格藏戏、藏族宫廷舞和德格岭卓便是形式多样的。作为德格代表性的非遗文化，它们以多元丰富的姿态彰显着这片土地的文化内涵和人文特质。

德格藏文书法称为"德真",它不同于卫藏、安多等地的书法,文字的楷书、草书都独具特色,在整个涉藏地区广为流传,有"德格书法是所有藏文书法集汇拼合的精华"的美誉,至今在康巴地区的不少学者都遵循德格书法的谋篇和布局。在有关德格"德真"的介绍中,省级藏文书法传承人雄呷多次出现。他介绍,"德真"书法代表着以德格为中心的康巴地区特有的一种文化现象和文化理念,通过它可以窥见藏族历史文化的传承脉络,对考证和研究藏族历史、文化、美术以及人文特点都有不容忽视的作用。近年来,雄呷致力于推广藏文书法艺术,培养了众多年轻的藏文书法爱好者,让这一古老的艺术形式得以传承和发扬。他不仅在本地开展教学活动,还通过各种渠道,让更多的人了解和认识藏文书法的魅力。此外,雄呷还积极参与藏文化的研究和保护工作,为挖掘和整理藏文化的历史资料作出了贡献。德格县档案馆为加强藏文书法档案传承意识,从办公经费中购买本地珍贵藏纸,前往雄呷等处收集藏文书法档案。

德格藏戏经数百年的演变发展,不仅全部使用本地方言,而且在唱腔、舞步、乐器等方面都有别于其他地方藏戏,加之历代编导、戏师艺人对表演艺术的不断创新,德格藏戏已完全发展为独具风格和特色的传统藏戏的流派之一。2024年2月19日,文化和旅游部发布《关于第六批国家级非物质文化遗产代表性传承人推荐人选名单的公示》,德格县藏戏传承人多单入选。

藏族宫廷舞是流传于德格麦宿的一种舞蹈形式，俗称"麦宿锅庄"，其创编已有 1000 多年的历史，是由岭·格萨尔统治时期创编并流传下来的。格萨尔宫廷舞在舞姿、舞步及旋律、唱腔等方面所表现出的规整严谨和舒朗明快的风格，后逐渐演变成宫廷舞。国家级传承人阿布对德格卓且的历史发展、动作演绎、社会结构等内容都有着较全面的了解。阿布作为传承人，不仅在课堂教学中现场示范舞蹈标志性动作，让学生身临其境地感受到锅庄的魅力，还参与了 2021 年度国家级非物质文化遗产代表性传承人记录工作，进一步推动了德格麦宿锅庄的传承和发扬。

德格岭卓起源于十一代岭葱土司时期，由一个叫白玛曲西的公主创编而来，起初它主要出现在土司家嫁娶的宴会上，流传的范围不是很广，直到一个叫嘎拥的领舞人将"岭卓"教给她的女儿扎拉，扎拉教会了村里人跳锅庄舞"岭卓"，再经生活中的不断改进完善，"岭卓"才传承到了现在。"岭卓"饱含着德格人民对审美和生命的质朴理解，多以反映人民安居乐业、国泰民安为舞蹈主题。在康巴卫视 2021 藏历铁牛新年联欢会的舞台上，色绒老人一家 7 口登上藏晚舞台，表演了《岭卓锅庄》。"我 7 岁开始跟随母亲学习岭卓锅庄，我带领村民跳了一辈子的舞蹈，明年就 80 岁了，还会一直跳下去。"色绒说，作为岭卓锅庄的非遗传承人，就是要把岭卓锅庄好好地传承下去。壤呷是色绒老人的儿子，从小跟父亲学锅庄，到今年已经 15 年了。在壤呷看来，他从父亲那里学到的不仅仅是一门传统艺术，更是饱含了藏民族的文化精神。令人感动的是，色绒老人一家不遗余力地推广和传承岭卓锅庄，在德格县俄支乡绒娘村，先后培训了 200 多个徒弟。

近年来，为了进一步繁荣文化，让全县非遗文化迸发新时代活力，德格县还开展了多种多样的活动。2021 年 7 月，18 个章节，历史人物展现最全的德格县格萨尔藏戏开演，极强的观赏性和教育性让人眼前一亮；2022 年 4 月，德格县举办了以铸牢中华民族共同体意识为主题的"慧海笔尖"藏文书法展作品欣赏活动，观摩赏析、讲座交流、现场演示等环节又一次传承了德格藏文书法。次年 5 月，历时近一个月后，德格县"激扬手中笔 书写新时代"书法大赛再展风采。而就德格藏戏和藏族宫廷舞，2023 年 2 月，德格县携手乐山市夹江县，开展了藏羌彝非遗表演暨"闹元宵"活动。活动中，德格县的《踏雪》《故乡德格》《宫廷卓且》让观众们大饱眼福。

以上活动的开展对德格非遗文化产生的作用可能是立竿见影的，也可能是旷日持久的。不管是哪种作用，德格人民对这些活动的开展是非常支持的，在他们看来，通过非遗活动，那些濒临消逝的技艺和传统得以延续，能为子孙后代留下宝贵的精神财富，同时大家共同参与活动，相互交流，可以增进理解与信任，并为自己的文化感到自豪，从而更加坚定地守护和传承这些文化。

作为德格非遗文化的又一特色看点，南派藏医药也结合自身实际启动了文化振兴的计划。德格南派藏医药位居四大民族医药之首，历经 3800 多年，名医辈出，疗效显著，藏医药文化典藏十分丰富。截至目前，德格印经院收藏典籍资料 60 余部、藏医药印版 1200 余套，为德格南派藏医药研发提供了有力文献支撑。

党的十八大以来，党中央、国务院把中医药工作摆在更加突出的位置，作出了一系列重大决策部署，为中医药传承创新发展指明了方向。作为中医药的重要组成部分，德格南派藏医药历史悠久，如何在乡村文化振兴中发挥好作用，它一直在言传身教，其传承人洛热便是最好的例子。

洛热，中国民族医药协会智库专家、德格县宗萨藏医院前任院长，2021 年，中国老科学技术工作者协会授予了他"2021 年度中国老科学技术工作者协会奖"荣誉。行医 40 余年，他创办了德格县宗萨藏医院，并坚持为贫困群众义诊，倾注毕生所学完成了各类藏医学、文学著作 30 余部，培养南派藏医药传承人 100 余名，前后两次被评为全国优秀乡村医生。如今，尽管洛热已经退休，但他仍然坚持把文化传承作为自己的神圣使命，继续为德格南派藏医药发展贡献着力量。

历史的车轮滚滚向前，千年瑰宝在德格薪火相传。那源远流长的手工艺文化和非遗文化如古老的大树，在乡村文化振兴的春风吹拂下，根深叶茂，越发茁壮。它们历久弥新，不仅是过去的记忆，更是当下的精神滋养，还是未来的希望之光，在众多的措施落地后，我们看到的是，它们成了德格乡村发展的一根根支柱，引领着人们走向繁荣与兴盛。

三、红色文化

在德格县浩如烟海的文化资源中,承载革命历史和革命精神的红色文化独占一角。紧扣着乡村振兴节奏,这些红色文化在体现中国共产党的初心使命时,凝聚了中华民族的优秀品质和精神追求,用旗帜般的号召引领德格文化振兴的方向,让乡亲们心往一处想、劲往一处使,努力开拓出一片充满机遇与可能的新天地。

一场突如其来的春雪,把川西高原铺成了洁白的冰雪世界。雀儿山,这座横亘在天地之间的雄伟山脉,在漫天雪雾中更显冷峻。当人们又一次敬畏大自然之力时,不得不再度佩服十八军筑路英雄们"一不怕苦、二不怕死,顽强拼搏、甘当路石,军民一家、民族团结"的战斗精神。

1951年初冬,十八军战士们开始了雀儿山筑路之战。峭壁陡立、寒风凛冽、荒无人烟,极度恶劣的自然环境没有动摇战士们的筑路决心,用简单的工具砍树挖洞、用树枝干草当床被、在缺氧患病和滑坡塌方中赶进度……战士们用汗水和鲜血开创了世界公路建筑史的不朽奇迹,在中国军民波澜壮阔的逐梦征程中,刻下了敢为人先、奋勇前行的历史壮举。

张福林,这个至今令人肃然起敬的名字就是当年十八军战士筑路时的英雄之一。1950年,张福林被编入十八军筑路部队承担修建康藏公路的任务。在雀儿山修路时，张福林白天与战友们悬在岩壁上打炮眼，晚上到工地上研究坚石、孤石、松石、片石等各种石头的打眼、装药、放炮等技术，并积极向工程人员、技工同志、工兵部队学习，最终提出了改进装药的方法，即"放大炮法"。"放大炮法"的爆破功效超国家标准260倍，创造了全国爆破的最高纪录。这一方法不仅能提高工效，还能节约炸药，在筑路部队中得到全线推广，张福林也被大家誉为"大炮手"。

1951年12月10日，张福林在执行爆破任务时被落石压住，待战友们赶到时，他已经奄奄一息。卫生员给他注入强心剂时，他用手推开说，他不行了，为国家节约一支吧，同时催促大家赶快上工，不要耽误工作。后来，张福林同志被追授为"模范共产党员"，追记一等功，1953年国家交通部追授他为"筑路英雄"，并将他生前所在的模范班命名为"张福林班"。

70多年光阴斗转，如今重新讲述曾经的故事，眼眶不禁湿润。正因为有革命先辈们的勇于奉献，才有我们今天的幸福美好。一代人有一代人的长征路，为继承好先辈们坚韧不拔的意志和勇往直前的勇气，德格县充分挖掘红色文化所蕴含的艰苦奋斗、无私奉献、团结协作等精神，不断激发大家的爱国情怀和民族自豪感，为实现中华民族伟大复兴奋斗着。

2021年8月，德格县雀儿山川藏公路十八军红色教育基地对外开放。经过高耸的"川藏公路十八军英雄纪念碑"，拾级而上，"十八军进藏雀儿山纪念馆"和"张福林烈士纪念馆"分列两旁，走进纪念馆，一幅幅老照片、一件件珍贵的藏品，十八军将士在雀儿山奋斗的身影随处可见。

自对外开放以来，这个集展览、体验、旅学于一体的红色教育基地通过开展纪念活动、加强教育宣传、推动文化旅游、保护历史遗迹和建立教育基地等多种方式，传承和弘扬了红色文化，让更多的人了解了十八军的历史和贡献，并且该基地身兼多职，成为德格县的爱国主义教育基地、青少年教育基地和国防教育基地，先后开展党史教育、爱国主义教育、红色文化教育等各类活动，取得良好社会效益。据统计，截至 2024 年 6 月末，德格县雀儿山川藏公路十八军红色教育基地年均接待观众 8 万人次，其中青少年学生 4 万人次，累计接待全国各地游客近 30 万人次，参观团队 300 余批次。

这些活动在缅怀革命先烈，弘扬"两路"精神的同时，向游客和当地人宣传红色文化，有效保存和传承了张福林烈士陵园、无名女烈士墓地等历史遗迹。如今，该教育基地是川藏线唯一一处以十八军进藏为主题的红色教育基地，也是四川省规划建设的 5 个川藏公路博物馆分馆之一，为传承和弘扬红色文化提供了重要的平台。

在德格康巴文都 11 号地块，红色德格展览体验区同样倾心襄助红色文化传承。这里不仅以精美布展再现中国共产党带领德格干部群众砥砺奋进的历史进程，还在体验区内专设雀儿山大讲堂，为干部职工、广大群众、游客开启波澜壮阔的红色之旅提供绝佳窗口。红色德格纪念馆分设铭记历史、不忘初心、薪火相传三个主题展区，整体以"两路"精神和德格精神为核心支撑，展示了德格县时代变迁中的峥嵘岁月，还展示了在党的带领和省内省外对口精准帮扶下，德格人民从站起来、富起来到强起来的伟大巨变。

此外，岗托十八军进藏红色教育基地也是德格县重要的红色文化传承地。该基地沿金沙江河岸而建，与西藏昌都江达县"解放第一村"隔江相望，布设有十八军进藏岗托渡口、雨托红色新村两大区域。走进雨托村，"美丽的现代化新农村"是其真实的代名词，一幢幢具有民族特色的房屋错落有致，一条条宽阔的马路干净整洁。路边，"我们的亲人 英勇的十八军""十八军进藏红色新村"等标语牌彰显着雨托村的红色精神。

雨托村被称作"红色新村"是因为当年十八军进藏经过德格境内，在哈达铺也就是如今的雨托村，帮助了当地老百姓筑路修桥，当十八军离开时，当地老百姓为表达感恩之情用藏民族最神圣的礼仪——向每一位红军敬献洁白的哈达，书写了一段民族团结一家亲的感人历史。为了铭记红色历史、继承红色精神、紧抓乡村振兴机遇，无数的"寻访红色足迹，传承红色精神"主题活动在雨托村开展，不断激发大家的爱党爱国热情，鼓舞为人民终生奋斗的斗志。

除了以上内容，在七十年发展变迁中，德格县具有革命精神的英雄人物还有从女土司到国家干部，再到人大代表的降央伯姆；对藏族人民怀有深厚阶级感情的"德格县第一位工委书记"李森同志；坚守在具有"生命禁区"之称的雀儿山第五公路段"五道班"三十余载，被大家称为生命禁区的守护神的陈德华；甘当"高原铺路石"的雪线使者其美多吉等。

依托这些革命英雄、优秀党务工作者的丰功伟绩，德格县发挥"关键少数"的作用，通过专题党课、主题党日等方式，开展"温历史、感党恩"活动，拓展学习教育工作，巩固学习教育成果，大力弘扬红色文化，从中汲取昂扬奋进、团结拼搏的精神动力，教育引导各族干部群众继承革命传统、传承红色基因、赓续红色血脉、补足精神之钙，并通过这些举措，让干部群众接受革命红色文化的思想洗礼，推动红色文化的传承与发展。

红色文化代表着希望、胜利、勇敢、自力更生、艰苦奋斗等，是中国共产党价值追求和中华民族精神内涵最生动的象征。国家广电总局副局长朱咏雷一行在调研德格县乡村振兴工作时，曾在十八军进藏红色教育基地开展"不忘初心、牢记使命"主题教育。在了解德格多姿的红色文化后，朱咏雷要求德格县继续立足于红色做文章，深入挖掘展示宣传教育资源的思想内涵和时代价值，不断丰富馆藏资源、完善展览内容、创新展陈形式、讲好红色故事，更好地发挥爱国主义教育基地作用。可见，在红色文化的传承发扬中，德格取得的成绩是一目了然的，更拥有着令人期待的可为之处。

从革命圣地的庄严肃穆到战斗遗址的斑驳痕迹，从弥足珍贵的红色影像到感人至深的红色故事，它们在字字句句间凝聚精神与力量，诉说着波澜壮阔的岁月，定格了英勇无畏的瞬间，让今天的德格人民能穿越时空，在追寻中汲取红色力量，在传承中续写新时代的辉煌。在一次次接受爱国主义、革命传统和党性教育，完成爱国情怀洗礼后，德格人民更加深切地体会到："唯有深刻铭记历史，紧跟中国共产党的领导，才能完成新的任务、攻克新的挑战、取得新的成绩！"

第二节 文旅融合，特色打造

一、从文化延绵到经济腾飞

迈进乡村振兴之旅的磅礴乐章，德格县在实施文化传承和保护时，更不忘在文化绵延中助推经济的腾飞。文化延绵与经济腾飞，如同两片波光粼粼的湖水相互连通，勾勒出美妙而高远的奋进愿景。文化绵延，是乡村灵魂的深情咏叹，赋予德格独特气质；经济腾飞，则是乡村发展的激昂鼓角，带着德格冲破樊篱。

先前的叙述中，我们已经说过，麦宿传统手工艺文化传承在近年实现了质的突破。将文化延绵与经济腾飞的辩证关系运用在麦宿传统手工艺之上，我们可以看到，这些手工艺往往蕴含着精湛技艺和独特创意，通过与市场对接，它们可以形成特色产业，促进乡村经济的多元化发展。乡村振兴势必将国家政策落实到麦宿镇的切实发展中，便是坚持保护与开发并重，大力发展麦宿特色民族手工艺产业，全力推动当地传统手工艺文化和手工艺产品的价值转化，使其成为带动群众增收致富、助推德格县实现乡村振兴的源头活水。

近年来，德格县委、县政府高度重视民族民间工艺的传承保护与发展工作，在总结吸取脱贫攻坚时期经验教训的同时，提出

"党建引领+产业园区+龙头企业+扶贫车间+家庭作坊"的多维发展模式，近年来先后投资约3400万元，打造建成麦宿镇民族手工艺传承园，该园区建有集特色民族手工艺制作、展示、销售、培训、体验于一体的产品展销中心和民族手工艺培训中心。这里既是民族手工艺产业园，又是技能培训基地，承担制作加工与技能培训双重职能。园区扶持民族手工艺人建成19个扶贫车间，吸纳290余名本地劳动力就业。同时，当地把零散的手工艺匠人集中在一起，成立麦宿民族手工艺合作社，连接带动麦宿片区星罗棋布的大小民族手工艺作坊，为2000名群众的手工艺品变现拓宽了销售渠道。令人惊喜的是，麦宿片区内先后走出了6名"康巴十大工巧大师"、14名"康巴卓越工匠"、8名"康巴优秀工匠"，有效解决了就业与技艺传承两大难题。

早在脱贫攻坚时期，麦宿的扶贫车间就为当地群众打造了良好的就业增收环境。步入乡村振兴时期，麦宿镇进入了新的发展阶段。

首先是车间的提档升级，过去的"扶贫车间"摇身一变成为"振兴车间"。延续着脱贫攻坚阶段的重要使命，这些车间在新的发展阶段上继续发挥作用，较之于扶贫车间，振兴车间很多地方都进行了升级改造。比如添加了一些地标性标志，在每个车间外标明这个车间的用途，车间内部的各种设施和设备等都进行了提档升级。

其次是年轻手工艺人的培训和与周边地区的交流学习。除了车间的升级，麦宿还面向年轻的手工艺人举办集中培训，教授他们制作视频、建立每个车间专属的公众号等，填补了手工艺人关于营销和宣传手段知识的空白。麦宿与周边地区开展联动发展，增强地区间的交流学习，这也是多年来麦宿能保留如此多丰富独特的手工艺的原因所在。它开放包容的思想和格局，会在地区间形成联动和带动的作用，从而进行文化的传承和发展。

最后是"麦宿手造"品牌的打造。"麦宿手造"品牌的打造也是一大发展重点。"麦宿手造"是2021年德格县注册的公共品牌，麦宿镇上的手工艺工坊都被纳入其中。品牌成立后，全县统购统销手工艺品，拓宽了产品的销路，解决了部分销路问题。此外，"麦宿手造"还引导工坊统一品牌标识、做好品牌形象提升，不断推动物流体系完善，帮助更多"麦宿手造"产品走出大山。如今，邮政网点覆盖德格县每一个乡镇，所有工坊都实现了本地发货。除了品牌标识，麦宿镇在未来还有建设手工艺博物馆的想法，将各种品类的手工艺进行集中展示和详细讲解，既能吸引游客、扩大知名度，也能更好地推进手工艺技艺的传承保护工作。

"麦宿手造"还是让匠人专注技艺的一大利器。对于这点，麦宿匠人根呷火热深有体会。作为传统的手艺人，根呷火热不懂营销，甚至不会汉语，让他从事销售相关工作的可能性微乎其微。"麦宿手造"问世后，所有手工艺销售渠道畅通，根呷火热每天只用干两件事：制作土陶和教徒弟制作土陶。"未来，我们还会以'麦宿手造'这个品牌为统揽，组织工匠走出大山，参加各类展销活动。"德格县委宣传部副部长建敏说，这一切都是为了让手工艺人没有后顾之忧，专心创作。

为了更好实现文化延绵到经济腾飞，麦宿镇还关注文旅的深度融合，将传统手工艺文化元素融入旅游项目的开发中，打造出具有浓郁地方特色的旅游产品，比如发展"慢游麦宿"体验式旅游。该种形式的旅游，围绕特色体验工坊和体验民宿，并结合麦宿4A级景区风光能够吸引游客前来沉浸式体验。目前，钦乐工坊已打造了民宿及餐饮服务，并试图探索"一站式旅游"的新方向，钦乐工坊负责人达瓦卓玛表示，除了G317、G318环线打卡式的旅游路线，未来更多的发展方向便是一站式、沉浸式的深度游。

与此同时，麦宿镇游客中心藏艺通的体验店也探索着文旅融合。在这里，手工艺的展销台、人才培养多媒体教室、民宿酒店等服务设施各具特色，它们旨在体现当地特色的同时，用丰富的体验内容留住游客。为此，藏艺通也曾开设成都体验店。藏艺通负责人噶布坦言，手工艺与工艺品相比，价值便在于传统的制作过程，这种"体验式手工艺营销"，能够让游客真正地去体悟手工艺的美妙，为手工艺增加附加值。

截至2023年1月，德格县市监局存续（在营、开业、在册）企业共577家，其中138家为传统非遗手工艺及其相关企业，包含藏纸、雕刻、黑陶、藏器、唐卡等手工艺以及文物保护、非遗保护等有限公司。对非遗手工技艺的保护也带动了各种民族体验酒店、文化传播企业以及旅游企业的萌芽与发展。

康巴文化博览园是德格县在文化绵延中实现经济增长的又一瞩目焦点，它的故事要从2021年说起。2021年是乡村振兴起步之年，党的十九大报告指出，"实施乡村振兴战略""建立健全城乡融合发展体制机制和政策体系""加强文物保护利用和文化遗产保护传承""健全现代文化产业体系和市场体系，创新生产经营机制，完善文化经济政策，培育新型文化业态"。根据相关指示精神，德格切实推动文化产业发展，通过建设康巴文化博览园区这一新地标，积极为乡村振兴添砖加瓦。

天珠状咖啡厅、海螺状剧院、帐篷主题酒店，在德格县更庆镇八一桥村，康巴文化博览园区内的特色建筑很是吸睛。作为德格县文旅融合的典范、县城延展的载体、乡村振兴的抓手，康巴文化博览园区算得上"一肩多挑"。从2018年7月开工建设起，该园区就将文旅融合、产值提升、高效赋能乡村振兴作为目标。

康巴文化博览园分为游客集散中心、展览中心、商务中心、康巴智库、民俗风情街、展馆区、德格人家、演艺中心、文创中心、传习基地。园区共有大小建筑60栋，总建筑面积达55 200余平方米，总投资7.8亿元。园区内共有主题文化酒店5个，展览体验用房29栋，大小广场9个，停车场14个。园区"产城一体"模式的落地，有利于推进德格县土地集约使用、提高资源利用效率，并激活城乡消费。依托消费和产业促进创业就业，可以拓宽当地就业渠道、盘活县城及农村集体资源、提升县城及农村整体就业率，无疑是实现乡村振兴的又一法宝。

康巴文化博览园是汇集旅游观光、文化博览、文化传承、商务会展、培训学习、会议住宿、民俗体验、休闲度假等多种功能于一体的文化综合性项目，在正常运营的情况下，将产生明显的产业集聚效应。2024年5月统计显示，开业以来，康巴文化博览园已成为传承和弘扬康巴文化、格萨尔文化、麦宿传统民族手工艺文化及非物质文化的重要载体，园区所得收益10%作为全县102个村集体经济收入，并为百姓提供了300多个家门口就业的机会，同时园区内33个非遗研学体验馆帮助80余种农文旅商品、近500名手艺人打开产品销路，实现增收致富。如今，康巴文化博览园还是国家4A级旅游景区。

康巴文化博览园区又称"文都"。园区内，从风貌布局到特色建筑、从基础设施到公共服务，文化的"影子"随处可见，着实配得上"文都"的称号，尤其是八大传习所的有序分布令人耳目一新。八大传习所分文博中心和创客中心两大展区，其中，文博中心是按金、木、水、火、土五大主题建造，创客中心传习所则由雕版印刷技艺、噶玛嘎孜唐卡绘画、藏纸制作技艺构成。总体而言，八大传习所以文化为线索，打造独特的建筑外观，并通过内部主题规划，展示源远流长的德格历史文化，更好传承和保护县内非物质文化遗产。

受益于康巴文化博览园区，一些手艺人还实现了自己的梦想，比如冲翁青批。冲翁青批是德格麦宿人，学画唐卡7年，有着扎实的作画功底，工作内容是在噶玛嘎孜唐卡体验馆内作画。凭借出色手艺，他的一幅《妙音天女》能卖五六千元。"以前从来没想过画唐卡能养活自己和家人，感谢乡村振兴，感谢政府建设了康巴文化博览园区。"冲翁青批表示，自体验馆建成后，总能接到很多订单，有时候根本画不完。

"随着德格旅游文化事业的发展，手工藏纸开发潜力极大，有助于带动当地群众通过藏纸工艺增收致富……"在园区藏纸艺术中心大厅一角，德格藏纸制作技艺传承人充巴的简介耐人寻味。作为德格藏纸的传承人，以新人才、新思维、新技术传承守护德格藏纸是充巴一直以来的愿景。

在充巴的藏纸技艺传习中心内，经常能看到男女老少专心制作藏纸的画面。他们来自全国各地，大到耳顺有余，小到十几岁，都是充巴的学生。在这里，他们不仅能学到德格藏纸制作技艺，生活困难的，还能得到一定的帮助。

"充巴姐教我做藏纸，每个月还给我发3000元的基本工资，要是谁家有困难，她也总是解囊相助。"作为德格藏纸制作的资深学生，翁姆直言藏纸让自己有了大收获。因为仰慕充巴的藏纸技艺，益西曲珍专门从西藏阿里来到德格求学。学有所成后，益西曲珍回到家乡，用藏纸技艺带头致富，年收入超过了20万元。

"只要他们愿意学，我会教到自己教不动。"充巴说，自己所做的一切是为了传承德格藏纸制作技艺，无论付出再多都是值得的。据不完全统计，自充巴从事藏纸制作以来，免费教会了200

多个徒弟，他们来自全国各地，来自不同民族。

从最初的小作坊生产到藏纸技艺传习中心，从曾经的鲜为人知到"走出大山"，德格藏纸和它背后的人们都在努力进步。充巴表示，一个人的力量有限，但当很多人一起努力，德格藏纸就会得到更全面的保护和传承，文化的根脉也才能扎进更深的土壤。

对于冲翁青批和充巴的经历，噶玛嘎孜唐卡体验馆负责人嘎玛翁堆曾总结，传习所内有丰富多彩的艺术品，便于游客朋友们直观地体验和感受德格传统文化的独特魅力，同时它们也是宣传发扬德格历史文化的重要载体，值得每一个从艺者在这里找到初心。

康巴文化博览园区还是惠民性效益的集聚区。园区开建以来，八一桥村人尼甲就成了这里的保安。每天早上9点上班，下午6点下班，工作很轻松，每月还有2200元的工资，要是遇上园区开展活动，他还能和亲友做点小生意。2023年9月，第二届德格县民间文创交易盛会在康巴文化博览园区举行，3天的时间里，附近村民们通过卖小吃挣到了可观的收入。

毋庸置疑，作为德格文化产业的集聚高地，康巴文化博览园区将实现经济效益和社会效益双赢。据康巴文化博览园区负责人元登牛麦介绍，园区运营后起到了"活一片经济、富一方百姓"的作用，并成为德格新的旅游打卡地，随着更多游客的到来，酒店、特色民居等配套设施不断完善，有助于推动德格第三产业快速发展、提升德格形象。

作为南派藏医药文化的"领头羊",宗萨藏医院正推动着德格南派藏医药文化传承保护、生产研发、医疗服务等的全方位发展。从德格县城出发,经215国道,2个多小时后就到了麦宿镇。麦宿镇不大,沿着唯一的主干道走,镇政府、宗萨佛学院、振兴车间等基本就可以一览无余,而在一个路口,几栋排列有序的白房子便是宗萨藏医院,它的前身是普马乡医疗合作社。

藏医学与中医学、古印度医学、阿拉伯医学并称世界四大传统医学,麦宿镇厚重的南派藏医药文化历史让人不得不引起重视。在这里,名医辈出、疗效显著、文化典藏丰富是经常能听到的词组,目前,仅德格印经院就收藏有相关典籍资料60余部、藏医药印版1200余套。

时下,"十四五"规划正稳步推进,"健康中国"战略在进一步实施,乡村振兴在遍地开花。能否乘上政策的东风,对德格南派藏医药文化业而言,或许将成为能否叙述崭新故事的关键。站在十字路口上,汲取千百年的经验启示,德格南派藏医药文化在人才培养中完成了延绵文化到实现效益的转变。宗萨藏医院负责人噶布介绍,全院对50多部藏医典籍做了口传,培养了100多位持有者,这种口传的形式在进行藏医理论知识文化传承的同时,也增进了他们的理解,可以帮助他们更好地成为一名藏医药人才,最终为藏医药经济效益的提质贡献力量。与此同时,宗萨藏医院建院60余年,是涉藏地区名老藏医集中地,近年来,它主动与西南民大、省藏校、甘孜州卫校合作，培养了200余名藏医药人才。

步入G317德格段，沿途的生态旅游景区、文旅融合景区、文旅融合园区和美丽藏寨群落有机串联，形成了生态与文化完美融合的康巴文化中心走廊，一些景区园区俨然成为G317线的新地标。

立足德格富集的文化旅游资源，大力推进旅游景区景点建设。投入约1000万元，建设格萨尔游客中心，该中心位于德格"东大门"，格萨尔机场入口处（G317旁），其业态上是综合性游客服务中心，文态上是"绒岔马来将军府"（格萨尔三十员大将之一）。这里，既是机场口游客服务中心，又是G317自驾游文旅驿站，更是"善地欢迎您"的德格门户。

觉如牧场位于柯洛洞乡独木岭村（距G317线仅300米），建有服务中心、野奢木房、观景平台、放牧体验房等，是做一次"牧人"的绝佳体验场所。其业态上是新型旅游体验基地，文态上是觉如（格萨尔王乳名）文化及游牧文化。这里既是康巴阿尔卑斯，又是最美的放牧体验场所，更是G317线最美自驾游营地之一。与之不远处，格萨尔药泉小镇是康巴阿尔卑斯式的度假乐园，该小镇配套有文化主题酒店、温泉洗浴中心、游泳池、特色餐饮、休闲娱乐场所等。其业态上是旅游度假综合体，文态上是藏药浴文化。这里既是最美的温泉度假小镇，又是最美的摄影基地，更是G317线最美自驾游营地之一。

打造甲察林卡——康巴文都的后花园。"甲察"林卡位于德格县龚垭镇普西村，紧邻G317线，建有游客中心、帐篷村、旅游厕所、停车场等。其业态上为帐篷休闲乐园，文态上是甲察文化。这里，既是"产村一体"生态乐园，又是康巴文都的后花园，更是G317线最美自驾游营地之一。

在阿须镇格萨尔文化产业园区，大自然的鬼斧神工和地质作用再造，构成了数量众多、形式多样的生态景观、草原文化景观和游牧文化景观。园区内，千幅唐卡展示区、多康诗魂历史印证区、格萨尔系列古籍展示区、博物展示区、草地展示区、奇石公园等元素集中了文化研究、生态观光和休闲娱乐，其业态上是"格萨尔王故里行"旅游目的地，文态上是格萨尔文化。这里既是格萨尔文化园区，又是大阿须集镇的重要组成部分，更是"格萨尔王故里行"的旅游目的地。为增强德格旅游的吸引力和竞争力，全面推动全县乡村振兴和文化传承，实现巩固拓展脱贫攻坚成果同乡村振兴有效衔接，2023年3月，德格县阿须镇"格萨尔文化产业园区"开园迎客。

2024年7月26日，对德格县来说又是一个意义非凡之日。当揭牌嘉宾缓缓揭开牌匾上的红绸，"德格印经院博物馆"几个大字逐一露出，掌声雷动，标志着德格印经院文化发展有限公司及德格印经院博物馆正式揭牌成立。这也意味着德格印经院这一世界级文化遗产在保护与传承方面迈出了更加坚实的一步。

德格印经院博物馆的未来规划充满了前瞻性和创新性。整个展馆由四大子项目组成，项目总建筑面积 18 000 平方米、总投资 9300 余万元，其中包括康巴文化研究展示中心、非物质文化遗产展演中心、雕版印刷文化技艺展示中心及文化园区附属工程。该馆将融合全息研究、解说与互动体验，让参观者能够身临其境地感受雕版印刷的全过程，深入了解其背后的文化意义和历史价值。此外，该馆周边还将打造一个集文创展销、休闲餐饮、文化交流、健康休闲于一体的综合服务区，为游客和研究者提供一个全面了解康巴文化和藏族雕版印刷技艺的窗口，旨在进一步提升德格县的文化旅游影响力，将其打造成为独具特色的文旅融合高端平台。

德格印经院博物馆建设地址位于德格县城巴宫街印经院和更庆寺之间，此项目已被列入全省文化工作要点和写入州政府工作报告的重点文化建设项目，是被州委州政府目标办纳入六大战略目标进行重点督查的项目。因此，在当地人眼中，建设"甘孜州德格雕版印刷博物馆"是一项功在当代、利在千秋的大事，不仅能传承弘扬发展世界非物质文化遗产，也对下一步通过雕版印刷博物馆的平台、场所把优秀的传统民族文化进一步地发扬光大具有非常重要的意义和价值。

色多不仅是著名的噶玛嘎孜画派唐卡画师，还是德格县多瀑沟噶玛嘎孜文化旅游发展有限公司的董事长。多年来，他致力于发扬藏族文化，传承唐卡技艺，先后成立了"德格县噶玛嘎孜唐卡绘画传习所""德格县多瀑沟噶玛嘎孜唐卡绘画培训传习所""甘孜州职业技术学校文艺部唐卡绘画专业教学实训基地"等，为当地培养了一大批优秀的唐卡画师。

为更好地保护并传承唐卡文化及技艺，色多多方收集、整理历代民间唐卡藏品，弘扬唐卡艺术的辉煌，创建的多个唐卡绘画培训基地为社会培养了众多唐卡画师，也为现代画师们提供了展示交流的平台。同时，其创建的多瀑沟噶玛嘎孜文化旅游发展有限公司，为当地旅游业增添了独特品牌，更好地推广了藏族文明及历史文化，同时为当地旅游产业带来更多发展机遇，有力地带动了当地经济发展。

在色多的培养下，大批优秀的唐卡画师在当地聚集发展，形成了唐卡绘画特色旅游村，提高了当地乡村经济发展水平，推动了当地的乡村旅游。近年来，各培训基地结业学员人数已有500余人。

格桑达美，一位在乡村文化和旅游领域备受赞誉的能人，全国乡村文化和旅游能人荣誉获得者。2016年，他加入藏艺通公司担任营销部经理，从此开启了公司的高速发展之路。在他的努力下，公司年利润增长率超过30%。

藏艺通公司创立之初就注册了同名品牌，专注于原产传统产品。其中，"子乌"品牌成果显著，研发出约100种成熟产品，涵盖五大类别，能够直接进入工艺品市场。同时，完成了相关的生产技能培训。

在德格麦宿工作坊，"子乌"完成了第一批成品样品制作，以及五类共160余件的成品复制工作，这些成果均达到了中高端工艺品市场的要求。其作品不仅在国内的广东佛山展出，还跟随成都优活文化传播有限公司在北京和马来西亚等地参与文化交流活动。藏艺通项目的实施，为当地农牧民的就业和生计带来了积极影响。未来，还计划为农牧民提供更多的培训和就业机会，推动可持续发展。格桑达美用自己的专业和热情，为藏艺通公司的发展书写了精彩篇章，成为乡村振兴的有力推动者。

文旅产业发展成效显著，文旅产业发展规模不断壮大，产业要素持续加强，产业发展环境不断优化，产业业态更加丰富，不仅有效满足了游客多样性需求、提升了游客体验，更是让老百姓在家门口就业增收，突破了文化产业发展困局，逐步形成了"远看是青山绿水，中看是产业园区，近看是美丽村落"的产业发展布局，进一步推动了德格县文旅高质量发展，形成了良好的文旅产业发展态势，为下一步创建全域旅游示范县、天府旅游名县创造了保障条件。

事实上，从文化延绵到经济腾飞是德格乡村振兴的必由之路，它将为乡村带来全方位的变革和发展，助力村美人富的美好愿景早日实现。在这个过程中，文旅融合是不可或缺的驱动力量，它将文化元素融入旅游体验，使游客更深入地了解和感受乡村文化的魅力，从而激发对传统文化的兴趣和保护意识。这不仅促进了文化的传承、经济的发展，还为文化的创新提供了丰富的灵感和素材。自此，一个专属德格文化振兴的新阶段即将到来。

二、从创新涌现到发展畅行

乡村文化振兴既是推动乡村振兴的重要动力，也是乡村振兴实现的重要维度。习近平总书记指出："创新是乡村全面振兴的重要支撑。"如何让创新解决文化振兴中的难点？德格县用创新源泉孕育文化之力，让古老的技艺、民俗风情等文化元素，经过现代理念的雕琢和创新运用，转化为具有市场竞争力的特色产业，为乡村经济开辟新的增长路径。

在高度信息化的时代，传统手工艺与现代创新的结合成为必然趋势。在这种背景下，对传统手工艺产品进行推广与销售是保护传统手工艺的重要途径。中共中央办公厅、国务院办公厅印发的《关于进一步加强非物质文化遗产保护工作的意见》指出，应鼓励合理利用非物质文化遗产资源进行文艺创作和文创设计，提高品质和文化内涵。利用互联网平台，拓宽相关产品推广和销售渠道。鼓励非物质文化遗产相关企业拓展国际市场，支持其产品和服务出口。

在德格，一些具有前瞻性的青年企业家正通过创新的商业模式，借助社交媒体和在线销售平台的力量，成功地将传统手工艺品推广至全球，为这些古老的手工艺注入了全新的血液。与此同时，这些企业家在政府的扶持下，还与当地政府建立了合作关系，意在共同打造一套有效的"守艺人"培养体系，吸引更多的年轻人参与到非物质文化遗产的保护和推广中来。

达瓦卓玛便是上述青年企业家的代表。在藏族摄影师、制片人、作家、策展人等众多称呼中，达瓦卓玛更喜欢将自己称作"守艺人"。曾经远走美国波士顿贝佩丝大学求学的她，毕业后选择回到家乡。至今，她获得了许许多多的国际奖项，在她家那间慢中琢磨神韵的青铜作坊里，Dior 和伦敦的时装教母都曾到访学习吸收灵感。她和家人也曾被邀请去纽约、华盛顿的博物馆和耶鲁大学巡回展览、演讲等，在达瓦卓玛的人生答案中，用全球化的视野守护和传播家乡的一切是美妙的。

2017 年，达瓦卓玛与她的弟弟——第七代利玛铜传承人达瓦扎巴，共同创立了钦乐工坊这一文创品牌。钦乐工坊以经营利玛铜金属锻造工艺为主，是涉藏地区唯一仍在大规模从事利玛铜铸造的企业。为了运营好钦乐工坊文创品牌，达瓦卓玛将在国外积累的丰富资源和经验充分利用了起来，如参加展览会、拍摄纪录片等。随着一系列纪录片的播出和国际交流的增加，越来越多的机会向"钦乐"靠拢，央视等知名媒体也开始对其进行报道和跟踪。

在营销方面，"钦乐"采取了多种方式，包括建立自己的公众号、抖音账号，以及在淘宝、微店等电商平台上的推广宣传，使品牌得到了更广泛的认知和关注。通过这些渠道，达瓦卓玛将"钦乐"的传统手工艺与现代化的营销手段相结合，成功地将品牌推向市场，赢得了更多消费者的青睐。

最特别的是，2023年2月13日，在央视17套的《乡土中国》栏目《跟着丁真探乡村——圣洁甘孜"真"选好物》的9集公益纪录片中，丁真在钦乐工坊学习与制作传统砂模铸造的手工艺过程，让钦乐工坊代表麦宿镇的手工艺品牌，乃至德格县、甘孜州的代表性特色手工艺，展现在全国新闻媒体的面前。

"钦乐"除了讲述产品的故事，还通过网络大平台讲述故事，与顾客之间搭建起心与心的桥梁。以钦乐工坊微信公众号为例，自2016年起至2024年2月18日，钦乐工坊共发布包括视频、推文在内的138篇内容，其中多篇推文获得了"10 000+"的浏览点赞量。

"钦乐"为手艺人提供了大量的机会与空间，在商业盈利的同时，促进了乡村振兴。达瓦卓玛极为重视手工艺人的培养。"钦乐"为手工艺人提供了一个极佳的平台，"钦乐"会鼓励手工艺人参加手工艺设计比赛、手工艺技能比赛等，并且还会帮助非遗的传承人进行申报。

通过手工艺赋能乡村振兴，达瓦卓玛一人还不足以更全面地带动当地手工艺产业的发展。麦宿需要更多的青年人才投身于手工艺的守护与经营中。达瓦卓玛曾多次在公开演讲中提到"守艺人"的概念。

与传统从事手工业劳动的手工艺人不同，"守艺人"往往指有相应的自媒体运营或商业策划能力，并且扎根于传统手工艺保护、宣传、经营的一批人。以往麦宿当地的优秀手艺人大部分会选择前往成都、广州等经济发达的城市发展，如今听闻家乡十分重视非遗技艺的传承，越来越多的人想要回到家乡。

为了提高传统手工艺产业的创新能力、加快传统手工艺的产业模式转型，麦宿镇政府于2024年1月9日，召集青年手艺人，开展了"守艺人"培训。重点讨论了手工艺的现代化转型与非物质文化遗产的结合，以及如何在继承中创新，并且结合现代审美和市场需求，探讨了手工艺的文化包装、视频制作、市场营销及关于手工艺保护与发展的策略。

2024年4月，达瓦卓玛以精湛的比萨制作技艺和独有的美食心得在成都市锦江宾馆内上了一堂分享课。其间，她耐心讲解每一个步骤，从选材、和面、发酵到烘烤，每一个细节都亲力亲为，让学员们深刻感受到了麦宿手造比萨的趣味。同时，她还与锦江宾馆主厨及康定多家餐厅合作，共同研发更多具有本土特色的比萨做法，为大家带来了全新的味觉体验。次月，同样在成都，"麦宿集市"火热开市，达瓦卓玛与17位传统手工艺人用一份份匠心，托载起传承弘扬非遗文化的新希望。

通过这些年的不懈努力，达瓦卓玛对"越努力越幸运"有了深刻的体会，她将这种体会归纳为技能与认知的提升、社会认可度的提高和新平台的出现。达瓦卓玛感言，随着对传统技艺的深入学习和实践，"守艺人"的技艺水平不断提升，对传统文化的理解和认识也更加深刻，这种内在的成长不仅增强了文化自信，也为技艺的传承与创新奠定了坚实基础。同时，随着国家对非物质文化遗产保护的重视以及社会大众对传统文化的兴趣日益增长，德格传统技艺逐渐受到更多关注，"守艺人"的努力也得到了社会各界的认可和支持，这极大地鼓舞了他们的士气，也为他们的工作带来了更多机遇和资源。再者，互联网和数字技术的发展为传统技艺的传播和展示提供了新平台。"守艺人"可以通过网络直播、社交媒体等方式，让更多人了解并欣赏到他们的作品和技艺。这种打破地域限制的传播方式，不仅扩大了受众范围，也为技艺的传承注入了新的活力。

像达瓦卓玛这样的年轻人还有降拥格乃。麦宿土陶选用麦宿当地的一种特殊的蓝黑土和一种藏语叫"色多"的石头（汉译为金矿石）为原料，产品多为茶壶、酒壶、火盆等日常生活用品，由于土质所含多种对人体有益的矿物质和微量元素，所以，它有优化水质的特性。

麦宿黑陶工坊先后培养了50多位传承人，并从当地市场销往国内各地。从16岁时开始跟随父亲学习技艺，如今的降拥格乃则是麦宿第一家黑陶工坊扎堪仓的主理人和第六代麦宿黑陶传承人，也是省级非遗传承人领军人，历来以保护和传承民族文化为己任，用黑陶艺术助力乡村振兴，为家乡的发展做出了显著贡献。

降拥格乃的黑陶工坊不仅制作传统的黑陶器械，近几年为了满足现代市场，工坊还不断研发新产品，如咖啡杯、茶罐、果盘等现代生活用品。这些文创产品不仅广受好评，还获得过不少奖。

2023年12月末，四川非遗年度人物暨非遗保护传承优秀案例发布仪式在成都举行。仪式现场揭晓了10位"2023四川非遗年度人物"名单，新唐卡技艺（亚丁画派）创始人、噶玛嘎孜、噶勉唐卡非遗代表性传承人呷绒翁都光荣上榜。

呷绒翁都出生在麦宿镇绘画世家，5岁起就跟随父辈学习唐卡。近年来，他尝试将新理念融入古老的艺术形式，集各家之所长，探索发展一门具有旺盛生命力的新艺术。呷绒翁都的尝试是有底气的，2013年，他就前往清华大学美术学院山水画高级研修班学习，师从国家一级美术师王界山。几年间，他不仅研习了中国画各种技法，还接触了油画等艺术形式。

学有所成后，呷绒翁都带领数名唐卡画师牛刀小试，绘制出长9米、宽2米的创意唐卡《融》。与传统唐卡一贯构图饱满、中心位置突出主要对象不同，《融》大面积绘山画水、铺陈景致，更有意思的是，画面中不仅共存着中西方神话故事及历史典故中的人、神、物，彼此间还沟通交流，尽显多元文化交融互鉴的风韵和气象。在这之后，呷绒翁都又创作了唐卡长卷《香巴拉画卷》，这也是四川省启动的亚丁村保护恢复项目的一项重要内容。

在呷绒翁都心中，唐卡是中华民族文艺百花园中一朵来自雪域高原的艺术奇葩，想要处理好继承与创新的关系，更需在增强对中华文化认同的基础上推动优秀传统文化传承发展、构筑中华民族共有精神家园。创新并不意味着不遵循传统。年轻一代唐卡画师更应在扎实打好传统技艺基本功之上，再谈打破墨守成规。

谈及创新，德格藏纸及其非遗传承人充巴也有些许感悟。这些年来，充巴越发觉得，除了用于书写和印刷，德格藏纸还有更广阔的天地。带着这份好奇，充巴一边认真制作藏纸，一边加强自身学习，经过足量沉淀，雨伞、灯笼、手包等藏纸文创产品陆续问世。

当无数认可夹杂着称赞袭来，充巴备受鼓舞。"说明这个方向是对的！"充巴提醒自己，不同时代需要不同方法，只有紧跟时代、不断创新才能为德格藏纸注入源源不断的生命力。如今，经充巴制作的系列藏纸文创产品早"飞出大山"，成为北京、上海甚至国外受众的绝佳选择。与这些文创一起，德格藏纸、德格文化、甘孜州特色等词组也被远方的人们反复提及。

"做好藏纸传承，就是要把祖辈留下的技艺完好地保存下来，让更多人看到它！"随着藏纸文创产品被更多人看到，充巴的信念也更加坚定起来。幸运的是，德格县政府也在助力藏纸发展锻出新活力。截至发稿前，德格县拥有不同层级藏纸制作传承人24名，而这些传承人及藏纸先后亮相各类文化交流活动频次达到了每年4次。为实现藏纸的更好发展，德格县打算协调推进保护传承与合力开发，让藏纸为精神文化家园增添更亮丽的光彩。

为以文化创新之伟力铸就乡村振兴之盛景，德格县还深入挖掘价值内涵和文化元素，引进专业团队，利用非遗项目和非遗传承人资源优势，打造"国潮"创意文创产品。截至2024年，全县已打造的"国潮"创意文创产品高达300余种。同时，德格县还搭建了创作、展示、交易、培训、现场体验等线上线下平台，为全县手工艺企业（车间）、手工艺人和非遗传承人提供服务，激发产业"造血"功能。经统计，乡村振兴以来，德格共投入资金500余万元，搭建线上线下平台7个，构建"互联网＋非遗文创"营销体系，录制非遗项目全流程短视频、在多地举办展销会，并开展直播带货，"线上＋线下"销售额突破120万元。

在众多的文创活动中，属第二届德格县民间文创交易盛会意义重大。这场盛会于2023年9月举行，为期三天，是德格县以文创交易为顶点，瞄准历史文化和特色风情，就如何投身中国式现代化实践进行的一次重要探索。盛会期间设置了由商品展和民族手工艺展组成的创意展，包括藏族服饰、珠宝、手工艺品、古董等，百户商家参与其中。

三天的展会实现了超2000万元的成交额，见证了市场化运作下德格文创的潜力。如此佳绩，也为德格县打造集格萨尔故事剧目展演、藏戏艺术体验、歌舞文化展演、德格人文精神传播等于一体，以场景为板块、以沉浸体验为形式，容纳电影、电视、多媒体网络艺术、民俗文化、非遗记忆、文创产品为一体的城市文化综合体，推动德格非遗的创造性转化和创新性发展提振了信心。

更重要的是，文创交易盛会还让人们看到了德格县坚持以习近平新时代中国特色社会主义思想为指导，全面落实中央、省、州决策部署，持续推动文旅融合，着手旅游产业发展、文化惠民推进、非遗工作开展等，有效丰富了人民群众精神文化生活，全面提升了文化软实力和核心竞争力，为全县乡村振兴奠定了坚实的基础。

总结上述内容，在乡村文化振兴振翅高飞的旅途中，要实现创新涌现到发展畅行的转变，必然要历经诸多关键阶段。其一是理念的更新与融合。摒弃陈旧的观念，接纳并融合现代文化元素，让创新理念深入人心，才能为后续的发展奠定思想基础。其二是资源的整合与优化。将乡村的人力、物力、财力等资源进行有效整合、合理分配，才能确保创新成果得到充分的支持和推广，从而实现有序发展。其三是人才的培养与引进。培养本土文化人才，吸引外部专业人才投身乡村文化建设，创新的涌现和发展才有智力的保障。其四是市场的开拓与对接。唯有积极寻找适合乡村文化产品和服务的市场空间，才能建立有效的市场渠道，实现文化与经济的良性互动。总而言之，实现创新涌现到发展畅行的转变，对乡村文化振兴的助推作用不容小觑。

第三节　公共服务，为民增福

一、优质贴心的公共文化服务

公共文化服务，这项以满足群众基本文化需求为目的的工作，在乡村振兴中意义非凡且至关重要。从意义层面审视，它可以增强群众文化认同感和归属感，提升群众综合素质，让他们共同参与文化振兴。从重要性角度剖析，它是缩小城乡文化差距的天平，能让村民们平等享受文化资源。因此，沐浴着文化振兴的惠风，德格县的公共文化服务开启了一系列具象化的操作。

按照"一个都不能落下"的原则，加快构建完善现代公共文化服务体系、深入实施文化惠民工程、不断强化文化惠民项目与群众文化需求对接等，德格县纵深推动公共文化服务向农村延伸，使越来越多的资源向农村、牧区、农民、牧民倾斜。

正是在公共文化服务不断向农村倾斜的基础上，德格县23个乡镇也积极行动起来。它们以"高位推进乡村振兴战略，创新塑造德格文旅品牌，全面提升德格对外形象"为核心，坚持"共同团结奋斗、共同繁荣发展"的民族工作主题，不断促进各民族交往交流交融，全面发挥好公共文化服务各项职能。

图书馆和文化馆是德格县最基本的两大公共文化服务设施。

县图书馆总馆以及23个分馆内的公共文化空间、设施场地均实现免费开放，能够为广大群众提供报刊阅览、书刊借阅、文献资源借阅以及图书流动车下乡送书等多样化服务。不仅如此，馆内举办的各类培训、讲座、展览、视频展播等充满公益性质的读者活动，还有流动服务、基层辅导等基础文化服务项目，对于丰富群众的精神文化生活发挥着至关重要的作用。

一方面，据德格县文化广播电视和旅游局的主要职责信息显示，文化馆肩负着指导管理文艺事业的重任，致力于推动民族文艺事业的蓬勃繁荣发展，并积极开展文化艺术培训与交流活动，大力培养文化艺术人才，全力传承和弘扬优秀传统文化等。另一方面，德格县的23个乡镇综合文化服务站以及农家书屋同样是公共文化服务中不可或缺的重要构成部分。在这当中，乡镇综合文化服务站能够为基层群众提供诸如文化活动、图书阅览、教育培训等多样服务；而农家书屋则为农村居民打造了阅读书籍、获取知识的便捷场所。

走进错阿镇马达村农家书屋，可见靠墙而立的书架上，农业科技、文学经典、儿童读物、哲学巨著等类型书籍应有尽有，一些藏汉双语书籍更是被摆在了显眼处。近年来，马达村以乡村振兴工作创建为契机，不断夯实公共文化服务基础建设，让乡亲们享受到了文化发展带来的实惠。在相继投入20余万元，建设农家书屋、村村响广播、民族团结展览室、牧民定居点青少年活动中心等后，马达村还被命名为四川省2023年乡村文化振兴省级样板村。

在众多的书本中，村民吃呷最喜欢看藏汉双语印制的种养殖业相关图书。"我汉语水平不行，有了双语就很方便，我可以在学习种养技术的同时学习汉语知识。"经常在农家书屋"充电"，吃呷学到了不少知识。与此同时，全民阅读、演出、拔河、跑步等活动不时在村里举行，吃呷明显感受到村庄里的气氛变得不一样了。

显然，公共文化服务不仅丰富了老百姓的精神生活，更在潜移默化中改变着他们的思想观念和生活方式。从曾经单调的娱乐生活到丰富多彩的农闲时光，随处可见的乡村欢歌背后，是大家对新知识的探索和对美好生活的向往。截至2024年7月，德格县仅农家书屋就有175个，藏书高达33 000余册。

早在2021年，德格县23个乡镇文化站免费开放率就达到了95%以上，县级文化馆、图书馆按规定做到按时开放的达到了95%以上。这些公共文化服务基础设施为当地居民和游客提供了丰富多彩的文化服务和体验，有力推动了德格县的文化事业发展、文化传承以及经济增长。

另外，德格县曾全面推进农村广播电视发展，逐步恢复农村广播网建设，这在一定程度上也丰富了当地的公共文化服务形式。比如，为丰富和改善广大群众的精神文化生活，让老百姓切实感受到党和政府"文化惠民"政策的温暖，共享文化发展的成果，2021年1月至2024年6月间，深入农牧区，发放"户户通"

设施设备3000余套（个）。

在广播电视发展方面有所推进的同时，设施配备和责任落实上也毫不松懈。德格县先后为乡镇图书室及村文化室发放摄像机、平板电脑、电视机、互动播出终端等设施，进一步完善基层群众文化服务功能，推进文化振兴进程。值得一提的是，根据党中央、国务院以及省、州关于广播电视安全播出的指示精神，县文化广播电视和旅游局与全县23个乡镇签订了广播电视安全播出责任书，并对全县23个乡镇、162个行政村开展广播电视直播卫星安全播出进行维修维护、检查工作。

不仅如此，在提升公共文化服务质量方面，德格县也在不断努力。在以实际行动肩负起"振兴文化"重任后，德格县切实扩大与提升了"两馆一站"免费开放及基本公共文化服务的覆盖面与适用性。为提高乡镇文化站图书阅览室的利用率，还构建了图书馆总分馆制，对各乡镇图书馆分馆逐一进行挂牌，对图书予以集中编目。并且，对各乡镇文化站图书情况加以统计后，为10个图书数量较少的乡镇赠予2317册各类已编目图书，于2023年6月已达成通借通还。

除了致力于扩大与提升服务的覆盖面与适用性，德格县在人才培养方面也投入了诸多精力。为了更出色地发挥基层公共服务职能、持续提高公共文化服务水平、扎实推进群众性精神文明创建活动，德格县尤为注重人才培养。2021年8月，在德格县文化广播电视和旅游局的大力支持下，德格县旅学中心、德格县文化馆面向德格县乡镇 7 支文艺队伍及县级文艺工作爱好者开展了"文艺工作者专题培训"。

在此次培训中，格萨尔艺术团的文艺骨干泽拉错承担了培训开班课程的教学任务。其教学内容主要围绕国家级非物质文化遗产"岭卓"和"麦宿锅庄"展开舞蹈教学。课程中，她采用了两手抓的教学策略，一方面通过实际操作进行示范，让学员们能够直观地感受舞蹈动作的要领；另一方面她详细地传授相关理论知识，为学员们构建起系统的舞蹈知识框架，从而带动学员全面且深入地了解锅庄的独特特点以及关键要领。

丰富的课程让学员们决心将培训成果深化拓展，切实让培训真正深入基层，走进老百姓的生活当中。他们一致表示，长久以来一直满心期待能够拥有这样宝贵的学习机会，他们将会把在培训中所学到的知识和技能带回各自所在的队伍，并毫无保留地传授给那些喜爱文艺活动的乡里乡亲。

见学员们热情高涨，德格县不断努力，继续将精力浇筑在人才培养之上。于是，以提高乡镇群众文化素质、活跃县级文化氛围为指导思想，德格县文化馆紧紧围绕"文化乐民、文化育民、文化惠民"的工作方针，举办了乡镇文艺骨干培训，对乡镇文艺骨干的艺术素养、业务水平和策划组织活动能力进行了全方位的指导，充分发挥了其在繁荣县级文化活动中的关键作用。

对于此类培训，县文化馆将培训内容分为两个部分，即开展艺术团结合 23 个乡镇文艺骨干培训，以及开展文旅局结合群团、艺术团文化志愿者培训。针对各乡镇群众需求不同，以及文艺工作人员的自身专业不同，培训分为县级锅庄舞、基本形态培训、民族民间舞等课程。

为进一步提升公共文化服务品质，德格县旅学中心、德格县文化馆、德格县群团、德格县23个乡镇综合文化站携手开展德格县文化文艺志愿服务队伍建设工作，在有序规范中持续开展系列文化文艺志愿服务活动。

值得一提的是，为了确保活动的高质量开展，相关部门做了充分的准备和规划。其中包括德格县格萨尔艺术团、德格县曲艺协会组织100名文化志愿者开展志愿者培训活动。特别是在培训内容的设计上，充分考虑了志愿者的实际需求和服务目标。活动中，志愿者先参观了陈列于五行展馆内的"百年建党纪念文创产品"和相关视频资料，学习中共一大相关知识。这一参观环节也为后续的学习奠定了基础。

完成这些功课后，志愿者还前往文化馆，实地考察德格县格萨尔艺术团平时练功和排练之地、红色展览馆等，并在讲解老师的讲述中学习理论文化知识。需要指出的是，实地考察让志愿者有了更直观的感受和更深刻的体会。在志愿者看来，要做好公共文化服务，还需要不断努力学习，讲好德格故事、讲好红色故事，为树立文化文明形象、促进文化文艺行业发展贡献力量。实际上，这也是德格县开展一系列文化活动的重要目标和期望。

在这之后，德格县文化旅游志愿服务队扎根于德格县康巴文都旅学中心，长期为广大市民、游客和各级单位、乡镇提供专业、精彩和高水准的义务讲解服务。在此过程中，他们不断努力挖掘和展现当地文化的魅力。植根于底蕴丰富的康巴文化、讲好德格文旅故事，传承历史、传播文明、传递温度、传续情怀，致力于打造德格文明文化文艺旅游志愿服务的第一品牌。

在这个过程中，我们看到了志愿者对家乡文化的热爱和对服务精神的坚守。他们用行动诠释着对德格文化的深情，为这片土地注入能量。在众多的"他们"中，德格县格萨尔艺术团尤为引人注目。该艺术团现有演职人员50人，是德格县乌兰牧骑唯一的专业演出团体。

怀着对德格文化的热忱，德格县格萨尔艺术团始终以弘扬乌兰牧骑精神为己任，扎根基层，服务群众，坚持"创新体制、转换机制、增强活力、促进发展"，不断深化改革，加强队伍建设，以文艺演出的形式讴歌党、讴歌祖国、讴歌人民，充分发挥了文化引领风尚、教育人民、服务社会、推动发展的作用，彰显了"红色文艺轻骑兵"的时代风采。正是因为有这样的坚持和付出，才使艺术团成为德格县文化领域一张亮丽的名片，而这张名片在岁月的洗礼中已成为德格县文化繁荣的生动见证。

当然，德格县公共文化服务繁荣的景象不止于此。近年来，随着德格县公共文化服务工作的深入开展，各乡镇农牧民群众在乡镇综合文化站、村级文化活动室自发组织开展文艺活动，并掀起"乡村艺术团"组建热潮，截至目前，全县农牧民群众自发组建了俄支乡民间艺术团、雨托村民间艺术团、柯洛洞乡民间艺术团、马尼干戈镇民间艺术团、玉隆乡民间艺术团、错阿乡民间艺术团、打滚乡文艺队和竹庆镇格萨尔藏戏团。为了激发农村群众的参与热情、鼓励基层民间艺术团的组建，德格县拿出专项资金扶持各民间艺术团、寺庙藏戏团，为其购买服装道具，并选派"格萨尔故里"艺术团文艺骨干，进行文艺作品编排和指导。

在德格县八大"乡村艺术团"中，错阿镇民间艺术团的成员是最年轻的，16名队员中12人都是"00后"。错阿镇民间艺术团成立于2020年，除了参加镇上、县上组织的各类文艺活动，平日里还会组织村民们一起唱歌跳舞。2000年出生的俄沙村批是该艺术团的团长，也是绒岔村的会计，他认为队员们充沛的精力、创新的思维和强烈的表现欲是艺术团最大的优势，大家的活力和热情具有感染力，可以吸引村民们关注和参与文化活动。

每当有演出时，俄沙村批就会提前一周左右组织大家排练，金刚舞、锅庄舞、吉祥舞等都是团队的拿手节目。通过参加各类演出，队员们的眼界也有了一定的拓展，提升文化水平成为大家一致认可的观点，为此，俄沙村批以身作则，完成了大专自考。"我们参加演出，本质上是在传承民族文化，为了更好传承这些文化，我们必须要加强学习、提升自身素养。"这句话，队员们听俄沙村批说了无数次，在他的影响下，队员们或通过网络自学，或购买相应书籍，都朝着自己的新目标努力。

当基础设施和文艺力量丰富德格县公共文化服务内涵之时，

文化盛宴也在铺成展开，而这样的盛宴正逐渐成为德格的常态。

2024年5月初的一天，岳巴乡迎来了一场别开生面的文化盛宴。阳光照耀下，身穿演出服的工作人员格外醒目，欢快的音乐声响起，四面八方赶来的村民们纷纷翘首以待。

"还是像以前那样热闹，感觉心里头都敞亮了！"村民卓玛坐在人群中，眼睛里闪烁着激动的光芒，平日专注农活和家务，这样精彩的演出对她来说是难得的享受。她一边鼓掌，一边向身旁的邻居分享心得。这是为庆祝中华人民共和国成立75周年，进一步推动城乡融合发展，德格县委宣传部组成工作组深入全县所有乡（镇）的田间地头、村落社区组织开展文化下乡活动时的一幕。

文化下乡，带来的不仅仅是一场场演出。在另一个村庄，一场农业科技知识讲座正在进行。在德格县更庆镇杨西村，政策文化宣讲也是此次活动的核心环节。县委宣讲团成员用通俗易懂的语言，将党的创新理论和政策方针传达给基层群众，杨西村村民洛呷表示，这样的文化惠民活动让他感觉党离自己更近了。据统计，此次活动共覆盖了2万余名群众、400余名中小学生和200余名僧侣，取得了显著的社会效果。这让县委宣传部看到群众的热情和反馈，同时也为他们今后基层宣传工作提供了新的思路和方向。

文化"往下走"，活动设在"家门口"。在此形势下，覆盖全县23个乡镇、162个行政村的"送文化下乡"、"濒危剧种·德格藏戏公益性演出"、州级民生实事"格桑花开"文化下基层等系列常态化丰富的基层群众文化活动蓬勃开展，已成为德格丰富村民精神文化生活、提升村民文化素养和审美水平的亮丽名片。据统计，2021年至2024年6月，德格县共开展711场次送文化下乡活动。这一数据充分证明了这些活动的广泛影响力，为坚定文化自信、坚守中华文化立场贡献了巨大力量。此外，将队伍建设、阵地建设、公共文化服务与文化惠民工作相结合，将群众喜闻乐见的文艺作品搬上一线舞台，不但丰富了文化活动的形式和内容，还进一步提升了群众的满足感和获得感。

当我们将上述看似分散的内容进行重组，德格县公共文化服务就会衍生出新的"羽翼"——优化乡村文化产品供给。在进一步补齐乡村公共文化服务短板时，德格县发现乡村经济发展和生活水平的提高，使得村民们对高质量、多样化的文化产品有着更强烈的渴望。为了及时"解渴"，优化乡村文化产品供给成了德格的铁定路径。

因此，全县上下以乡镇为依托、以村为重点，广泛吸引社会资金投入农村文化事业，不断加强对农村文化活动阵地建设，有力带动农村文化的全面发展。首先，深入挖掘本地特色文化资源，通过对这些文化资源的系统梳理和深入研究，将其转化为具有吸引力的文化产品。例如，对传统的德格藏戏进行改编和创新，使其更符合现代观众的审美和需求。其次，激励文化人才。开办各类文化培训班，培养当地居民在音乐、舞蹈、绘画、手工艺等方面的技能，鼓励他们参与文化产品的创作和生产，并加大资金投入，设立文化人才培养专项基金，为优秀的文化人才提供资金支持和奖励，激励更多人投身文化创作。

除了这些锦囊妙计，德格县在优化乡村文化产品供给时，还将推动文化与旅游融合发展和创新文化产品形式放在了举足轻重的位置。一方面，德格县结合当地的自然风光和文化特色，打造具有本地特色的乡村旅游线路和产品，比如，在旅游景点设置文化展示区，展示德格的传统手工艺品和文化遗产，让游客在欣赏美景的同时感受乡村文化魅力。另一方面，德格县通过数字技术，将乡村文化资源进行数字化处理，制作成电子图书、音频视频等产品，拓宽文化产品在乡村的传播渠道和扩大受众范围。此外，德格县加大文化活动阵地建设，通过建设更多的文化广场、文化活动室、农家书屋等场所，为村民提供开展文化活动的空间，并配备先进的文化设备和器材满足多样化的文化活动需求。并且，德格县还积极开展乡村文化交流活动，组织乡村文化产品参加各类文化展览和交流活动，提高乡村文化产品的知名度和影响力，借鉴优秀文化产品创作经验来优化自身的产品供给，确保优化乡村文化产品供给的顺利开展和持续推进。

二、昂扬自信的地域文化

"现在走到哪儿我都要注意下形象，毕竟受了这么多年格萨尔文化的熏陶，我可不能给家乡丢脸！"

"现在我才对我的家乡文化有了比较完整的了解，越是了解这些文化，我越因自己是一名德格人而骄傲！"

"非常推荐大家到德格来玩，这里光多姿多彩的文化就一定不会让大家失望！"

2024年7月，一份针对德格县23个乡镇的随机调查带来了意想不到的惊喜，以上三句话便是有力佐证。这份调查是为了对德格各乡镇群众的文化自信进行一次摸底。经德格官方人士总结归纳，相较于过去的"不完全清楚、可能是这样、或许会有"等回答，这一次群众再也没有了那些不确定的语言，取而代之的是坚定且自信的回答。官方人士认为，这种变化是德格县紧跟乡村振兴主线，深层次、高质量做好公共文化服务的结果。这种说法是不是自吹自擂？我们万不能妄下断言，一定要析毫剖厘。

以上三句话，分别出自阿须镇"80后"的呷玛、错阿镇"00后"的班扎翁姆、更庆镇"50后"的四郎曲珍。在德格公共文化服务的加紧实施中，他们三人均享受到了公共文化服务带来的优厚福利。亲身参与和见证使他们三人的故事具有了代表性。

呷玛是个闲不住的年轻人，常年在外务工，这些年南征北战接触过不少其他地方的藏文化。过去，呷玛一直觉得藏文化都是差不多的，无非唱藏歌、跳藏舞。在开拓视野后再重新审视家乡，他才发现原来格萨尔文化是祖辈留下的珍贵财富，值得每一个阿须人主动传承和发扬。而促成呷玛这种心理变化的主要功劳要归于德格县雷打不动的送文化下乡活动。

"除了表演节目，工作人员还会经常讲为什么要重视文化、保护文化，听的次数多了，我就觉得他们说得很有道理。"呷玛感慨，村民们文化水平有限，有些道理不能及时吸收，但当这些道理被反复提及，大家的认同感就会增强。如今，每到春节和藏历新年之际，呷玛和村民们就盼望着送文化下乡队伍的到来。

"00后"的班扎翁姆是错阿镇民间艺术团的一员。从当初单纯喜欢唱歌跳舞加入艺术团，到无数次的排练演出积累经验，班扎翁姆在他个人成长中看到了村民们对家乡文化的骄傲和自豪。班扎翁姆小的时候，村里的文化活动很少，大家的娱乐方式基本是看电视或者围在一起聊天，内容单一，时间久了就有点枯燥，加上村民们的认知有限，文化认同、文化自信等内容对他们说是离自己很遥远的事。而现在完全是旧貌换新颜，村民们了解的事情也越来越多。

"文化振兴就是喊我们保护好自己的文化""上次讲的习近平总书记重要指示精神你还记得吗""我们的农家书屋又要买新书了"……随着公共文化服务的落地生根，如今雨托村村民的聊天话题都变得高大上起来，不少村民还会经常向班扎翁姆打听，下一次的文艺演出或者文化宣讲在什么时候。每当这时，班扎翁姆就会感到由衷的开心。

在康巴文化中心广场锅庄队成立后，四郎曲珍就成了锅庄队的管理员之一。四郎曲珍的母亲曾是德格卓钦的领舞，受母亲影响，她从小就爱跳舞，加入康巴文化中心广场锅庄队算是圆了她的舞蹈梦。一年下来，跳广场舞极大丰富了她的生活，她也在无意间担负起了教游客跳舞的责任。

"没人要求我教，但是看到游客朋友们学跳锅庄，我就忍不住想去打招呼，想去教跳。"四郎曲珍说，锅庄也是展现德格文化的一种形式，能通过自己的一点儿力量，让更多人认识德格文化，是件值得骄傲的事。

有了这样的格局，四郎曲珍开始更加严格地要求自己。一边是进一步规范自己的舞蹈动作，并及时学习新舞。另一边是有意识地学习舞蹈以外的德格文化，以便在向游客朋友教授舞蹈的同时，更加全面完整地介绍德格的文化魅力。

回看呷玛、班扎翁姆和四郎曲珍的故事，他们年龄、经历各不相同，却同样彰显着公共文化服务之下的文化自信。他们这种广泛而深厚的认同，利于对本土文化价值有更清晰、更全面的认知，进而产生前所未有的认同感和归属感，这是乡村保持活力和生命力的重要支撑，也是打造具有文化底蕴美丽乡村的重要内核。

在他们的身上，我们还能看到德格县文化教育的普及。正因为这种普及，文化宣传推广、传统节气及民族节日、特色文化品牌打造等的实践路才会一帆风顺。反之，一些莫名其妙的东西总会出于各种原因"挡路"，进而影响公共文化服务工作的整体进度。

德格人民的文化自信还能从四川省第三届乡村文化振兴魅力竞演大赛中洞见一二。2023年3月28日，这场以乡村为大背景、以文化为主旋律、以群众为主角色，通过线上展演和线下竞演的大赛拉开序幕。

"赋予民间民俗文化新的生命力，提升乡土文化'造血'能力，增强乡村文化影响力和传播力，以文化赋能助力乡村振兴，响应农村群众自办文化需求，向党的百年华诞献礼！"明确了德格本次比赛目的后，德格县23个乡镇踊跃报名，在竞相角逐中展现各自的实力和风采。

全方位采集素材、精心拍摄视频、头脑风暴撰写文案，那段时间，23个乡镇都沉浸在忙碌有序的筹备工作中。要想在全省舞台亮相，各乡镇都倍感压力，毕竟除了县域内部的竞争，全州、全省的竞争只会更加激烈。要逐一击败众多的文化能人、手工艺达人、优秀基层干部群众等实属不易，但德格23个乡镇没有退缩。因为在他们心中，德格的乡土文化、人文历史、民俗风貌、非遗传承都是经得起考量的，并且当大家凝聚起同心共筑文化强县的磅礴力量时，那些忐忑不安就会烟消云散。

经过漫长且激烈的逐轮竞争后，德格县捧回了胜利的果实。2023年10月14日，四川省委宣传部发布了关于四川省第三届乡村文化振兴魅力竞演大赛拟通报表扬名单的公示，德格县阿须镇入围100个魅力乡镇；布泽仁入围100名乡土文化能人；亚玛泽翁入围100名乡村代言人。

成绩的取得实属不易，阿须镇、布泽仁和亚玛泽翁的奋斗征程有着怎样的精彩瞬间，这不得不让人好奇。

阿须镇，英雄格萨尔王的诞生地，有着美丽自然景观与浓厚文化底蕴的氤氲，乡村振兴的注入让它一次次大显身手。近年来，该镇紧紧围绕县委"1558"总体工作格局和镇党委"123"工作思路，全力以赴拼经济搞建设，立足于现有资源禀赋，提升"格萨尔故里"知名度，全力打造牧旅融合发展新阿须。在众多工作开展中，阿须镇格外注重大幅提升公共文化服务效能。

阿须镇深知公共文化服务是我国现今社会发展当中最为重要的一项利民服务，既能在日常生活中丰富人们的精神生活，又能在多种公共活动中提高人们的精神素养与文化素养。为此，阿须镇经常在文化馆内组织各类文化活动，让群众通过参与文化馆所举办的活动，将自身的空闲时间充分利用起来，进而增强群众的综合文化素养。

基于此，阿须镇广泛开展群众性文体活动。比如学习贯彻党的二十大精神，深入宣传"岭·格萨尔"故里文化，推动乡风文明进步，促进全域旅游发展，增进民族团结，铸牢中华民族共同体意识。常年来，阿须镇辖区内 6 个村均开展各类文艺活动，各种自发性的群体性文化活动不断涌现，这些活动涵盖了广泛的社会阶层和职业，完成了全民参与的任务。除此之外，阿须镇还加大农村优秀传统文化保护传承力度，加强对乡村建筑的保护和维护，让更多的人了解乡村文化的内涵和丰富多彩的文化形式，让保护和传承格萨尔文化史得到进一步提升。

入选 2023 年度"全国青年非遗传承人扶持计划"名单并获得授牌，布泽仁是麦宿镇藏族金属锻造技艺州级代表性传承人，同时 1992 年出生的他还是传统铜铸艺术钦乐工坊第七代传承人。从小深受民俗文化浸润，对藏族金属锻造格外钟情的他，中学毕业后便开始学习利玛铜铜铸手艺。十多年来，他不仅继承了系统完整的钦乐传统工艺技术，还成长为掌握了现代文创设计和电脑绘图的现代手艺人。尤其是他出众的创意创新和巧思妙想，既能赋予古老青铜以新生命，推动非遗更好地融入现代生活实现代代相传，还能把藏族传统手工艺推向更广阔的市场，助力乡村振兴和区域发展。他曾两度斩获"中国工艺美术文化创意奖"，手工金属文创作品《岸来喜》曾获"第十五届中国工艺美术文化创意奖"银奖。

多年来，无数的打磨和淬炼让布泽仁明白，任何一项老技艺或者传统技艺都像一滴水，如果想要永存的话，比故步自封更好的办法就是让它融入大海，成为大海的一部分，融入现代生活方式，赋予它现代的价值和审美。

入围四川省 100 名乡土文化能人后，布泽仁明显感受到肩上的担子更重了。他坚信，手艺不仅是文化薪火的赓续，也是产业赋能带动更多人就业增收的好帮手，更是弘扬中华优秀传统文化的"潜力股"，今后将不断突破自己，继续尝试用不同方式表达和呈现，为民族文化传承与发展作出新贡献。

"乡村代言人的使命就是让更多的人认识乡村、关注乡村，从而促进乡村的经济发展、文化传承和社会进步。"如今，亚玛泽翁对乡村代言人这个身份有了不一样的理解。这些年里，被委以阿须镇党委副书记重任，亚玛泽翁一直秉持发展阿须文旅的理念，不断向社会各界推广宣传格萨尔故里旅游文化，并多次走村入户动员群众积极参与乡村振兴。

在亚玛泽翁心中，阿须镇党委副书记和乡村代言人虽称呼不同，但都扮演着为阿须镇乡村振兴谋福利的角色。无论是在当下还是今后的工作中，唯有开拓创新和锐意进取才能不负重托。

为此，亚玛泽翁根据自身工作经历，就如何当好乡村代言人进行了一定总结。首先，要深入了解乡村，包括乡村的历史文化、风土人情、特色产业、自然风光等，在突出特色亮点的基础上，挖掘乡村的独特之处。其次，要运用多种渠道进行宣传，通过各类社交媒体分享乡村的美景、美食和有趣故事，并参加各类乡村主题的活动，直接与潜在的投资者、游客等进行交流。最后，要展示发展潜力和保持真诚，始终保持对乡村的热爱和真诚，能够让人们感受到代言人对乡村的深厚情感，从而增强代言的可信度和感染力，进而向外界展示乡村的发展潜力和投资机会，吸引更多的资金和人才流入。

俯瞰德格县文化振兴助力乡村振兴的发展轨迹，地域文化自信与公共文化服务是相辅相成的。

从一端出发，公共文化服务为地域文化自信提供了强大动力，前者意味着对后者的挖掘保护和传承创新，通过对地域内独特文化元素的整理和弘扬，原本可能被遗忘或忽视的地域文化重新焕发出光彩，让人们更加深入地了解和认识自己家乡的文化内涵和价值，这一过程无疑增强了人们对地域文化的认同感和自豪感，从而树立起坚定的地域文化自信。

从另一端出发，地域文化自信又反过来推动公共文化服务向更高层次发展。当人们对自己的地域文化充满自信时，会更积极主动地参与到乡村文化的建设和传承中来，为乡村经济注入新的活力。同时，地域文化自信还能够吸引外部资源的关注和投入，促进乡村与外界的文化交流与合作，进一步提升乡村文化的竞争力。

对于地域文化自信与公共文化服务的相互依存，我们应当充分认识并利用好这种关系，努力让乡村在文化的滋养下焕发出更加蓬勃的生机与活力。然而，我们也要清醒地认识到，在推动乡村文化振兴和树立地域文化自信的过程中，可能会面临一些挑战和问题。

比如，如何在现代社会的冲击下保持地域文化的独特性？如何平衡文化传承与创新的关系？如何避免过度商业化对地域文化的破坏？这些问题，需要德格县在乡村文化振兴中引起重视，无论是当前还是今后。

CHAPTER 5 第五章

满目皆新景,组织合力撬动了"大治理"

第一节 "头雁领航"党建引领风帆劲

一、人才

在德格县的乡村振兴蓝图中,人才振兴被赋予了前所未有的战略高度,成为推动乡村全面振兴的关键引擎。该县深谙"人才是第一资源"的道理,通过党建引领这一核心动力,构建起全方位、多层次的人才振兴体系,为乡村振兴注入了强劲活力。

德格县以加强党的建设为统领,坚持用习近平新时代中国特色社会主义思想武装头脑、指导实践、推动工作,不断提高践行新发展理念、推动绿色高质量发展的能力和水平,为建设社会主义现代化新德格提供坚强保障。德格县不仅将干部群众的思想行动统一到乡村振兴的伟大实践中,还通过优化党员队伍结构,特别是注重从农民工、退役军人、致富能手等群体中吸纳优秀人才入党,不仅党员队伍得到了壮大,更提升了党员队伍的整体素质和服务能力。通过健全党员教育管理服务机制,利用多元化教育资源和平台,持续提升农村党员的政治素养、业务能力和服务群众的水平,为乡村振兴提供了坚实的组织保障和人才支撑。同时,对软弱涣散的党组织进行精准排查和整顿,确保问题找得准、整改措施落得实,有效提升了村级党组织的凝聚力和战斗力。

在优化组织建设层面，针对村级党组织在乡村振兴中的核心作用，德格县积极响应时代号召，创新性地推出了《德格县村干部能进能出管理办法（试行）》，有效激活了村干部队伍的活力与责任感，通过建强村级党组织，将其作为推动集体经济发展、带领群众增收致富的重要力量。在严格的考核与评估机制中，果断对在推动产业发展中表现消极、不作为的村组干部进行了调整，包括罢免或撤换，确保了村级领导层的高效与纯洁。同时，德格县紧密结合驻村干部轮换契机，精心选派了344名在党建引领、产业规划、经济管理等领域具备丰富经验和显著成效的驻村干部，为了培育更多能够带领村民共同致富的"领头雁"，德格县还着重加强了农村致富能手的选拔与培训工作。这些致富能手通过系统的学习与实践，不仅自身能力得到了显著提升，更成为村级党组织的重要辅助力量。截至目前，德格已成功协助村级党组织培养了165名致富带头人，并将他们全部纳入村级后备力量库，进行长期跟踪培养与动态管理，为农村经济的可持续发展储备了宝贵的人才资源。他们如同新鲜血液，为村级党组织注入了新的动能，不仅增强了村级党组织的组织力和领导力，还激发了乡村内生发展动力。乡村振兴，关键靠人。越来越多"爱农业、懂技术、善经营"的人才成为农村创新创业的主角。

作为麦宿宗萨第六代钦乐（青铜工艺）传人的女儿，达瓦卓玛以学者的严谨与热情，重新审视并珍视起这份家族与家乡的双重遗产。她引领钦乐工坊，会聚 30 余位非遗匠人，共同守护这份文化瑰宝。在政策利好如减税降费的推动下，工坊蓬勃发展，员工扩容，并借助现代营销手段，将利玛铜饰品推向全国乃至世界，其融合传统与现代的设计深受消费者青睐，销量飙升。

达瓦卓玛的卓越贡献赢得了社会广泛赞誉，获得多项省级及地方荣誉，包括"百千万康巴英才工程"优秀中端人才、"劳动模范"、"文化推广大使"及四川省创业明星等称号，彰显了县委县政府对人才的高度重视与爱护。她不仅个人积极进取，更携手父亲尼玛（省级非遗传人）与弟弟布泽仁（州级非遗传人）积极承担社会责任，免费培训贫困青年学习钦乐工艺，在麦宿及五省藏区培养了大量手艺人及非遗传承人，为文化传承与地区发展贡献力量。

而麦宿镇的故事远不止于此。在达瓦卓玛的示范效应下，麦宿片区涌现出了 19 个类似的扶贫车间，它们以"党建引领 + 产业园区 + 龙头企业 + 扶贫车间 + 家庭作坊"的模式，为乡土人才提供了广阔的舞台。如今，麦宿镇已拥有 2000 余名手工艺人，他们每年创造的经济价值超过千万元，真正实现了"村村有工坊、家家有艺人"的美好愿景。

为充分发挥人才引领乡村发展振兴的关键作用，深入贯彻乡村振兴战略，切实激发村级党组织在推动村集体经济发展中的核心引擎作用，引领广大村民走向增收致富的康庄大道，自 2023 年起，德格精心布局，多措并举，全面加强村级党组织建设及功能发挥。这一系列举措旨在构建坚强有力的农村基层战斗堡垒，为农村经济的蓬勃发展提供坚实的组织保障。

在人才的培养、激励情况上，采取"集中培训一批、挂职锻炼一批、柔性引进一批、递进培养一批、表彰奖励一批"五种方式，不断增强乡村振兴内生动力和发展后劲，坚决贯彻党对乡村人才工作的重要指示，践行"乡村振兴，人才先行"的理念，立足《甘孜州乡村人才振兴五年行动实施方案（2021—2025年）》重大部署要求，持续深化乡土人才队伍建设。

相继出台了《德格县分类推进人才评价机制改革实施意见》《加强党委联系服务专家工作方案》《硕博人才进德格方案》《促大学生创新创业方案》《鼓励人才向基层流动的十条措施（送审稿）》《人才振兴工程实施方案》等方案，使各类人才创业有机会、干事有平台、发展有空间。

德格县除在人才政策方面精心布局，还在人才培养方式上积极创新，多措并举推动人才工作发展，采取"走出去、请进来"的方式，积极举办各类专题培训班15期，选派560人次到浙江富阳、成都等地学习；利用"东西部协作""省内对口帮扶""省直部门帮扶"和"中央定点帮扶"等平台，柔性引进50名高层次人才，每名高层次人才与3名优秀本土人才结对成师徒关系，为更好开展"师带徒""传帮带"工作，开设援藏干部藏汉双语培训班，为德格培养一支带不走的"善地英才"队伍。

二、民族团结一家亲，筑牢团结奋斗基石

德格县自古以来便是藏族人民的主要聚居地，同时融合了汉、彝、羌、回等10余个民族，共同编织了一幅多元共生的绚丽画卷。这里的人民，以勤劳勇敢为底色、以淳朴善良为品格，在岁月的长河中，世代相传，团结和睦，在这片古老而又充满活力的土地上，书写着民族团结的辉煌篇章。

在历史的长河中，1950年是一个闪耀着民族团结与和谐光辉的年份。这一年，中国人民解放军第十八军肩负着历史使命，从四川的腹地毅然踏上前往西藏的征途。这场历时一年半的艰难行军，不仅是对自然极限的挑战，更是对意志与信念的磨砺。在白雪皑皑的雪域高原上，他们书写了一段段感人至深、永载史册的传奇。

行军途中，面对严酷的自然环境和复杂的民族关系，第十八军得到了西康省乃至整个藏族地区群众的广泛支持与帮助。其中，夏克刀登，这位康北地区的带头人，以其独特的地位和影响力，成为这段历史中不可或缺的关键人物。

故事始于1936年，当德格土司派遣夏克刀登率军对抗红军时，一场意外的战斗改变了一切。夏克刀登在战斗中受伤被俘，然而，红军的宽仁与正义深深触动了他。

他说："红军待我很好，我的伤好后就让我回去。"红军不仅

救治了他的伤势，还以民族平等、团结的政策感化了他，使他从最初的敌对者转变为坚定的支持者。这一转变，不仅是他个人命运的转折点，更是康区乃至整个藏族地区与红军关系转变的重要里程碑。

随着《互不侵犯协定》的签订，夏克刀登与红军的合作关系进一步加深。他不仅在政治上积极协助红军，更在物质上给予了红军极大的支持。在红军北上抗日的道路上，夏克刀登动员全区的力量，组织运输队，为红军提供了宝贵的物资保障。他的行动，不仅解了红军的燃眉之急，更在藏族人民心中种下了民族团结的种子。

1950年，随着西藏和平解放的钟声敲响，夏克刀登再次站在了历史的舞台上。他积极参与迎接解放的庆祝活动，并继续为西藏的解放事业贡献力量。在他的号召和组织下，康区的各族群众纷纷行动起来，为进军西藏的解放军提供了强有力的后勤保障。德格县龚垭村贫苦藏族妇女曲美巴珍，顺利完成了100多次艰巨的运输任务，被西康省人民政府授予"支援模范，藏族之光"的锦旗。时任西康区党委委员苗逢澍说："单康北地区在夏克刀登副主席亲自领导下，其运输力即等于一千辆汽车工作一次的伟大作用。"正是对夏克刀登及其同胞们无私奉献精神的最高赞誉。

夏克刀登的一生，是追求民族平等、团结和进步的一生。他不仅在红军长征和解放西藏的过程中发挥了重要作用，更在生前积极倡导废除土司制度和乌拉差役，为藏族人民的幸福生活而努力奋斗。他的愿望在他去世后的数十年里，随着西藏的快速发展和民族团结的不断加强，终于变成了现实。

今天，当我们回顾这段历史时，夏克刀登的名字依然熠熠生辉。他不仅是德格人民的骄傲，更是民族团结佳话中的光辉典范。他的故事告诉我们：只有民族团结、和谐共处，才能共同创造更加美好的未来。现在，民族团结进步已经成为德格县各族人民心中最重要的信念之一，并继续延伸当代民族团结的实践。

自2022年起，"铸牢中华民族共同体意识 民族团结进家庭"实践活动如春风化雨般在德格县全面铺开，深入人心。该县积极响应新时代党的治藏方略，紧紧围绕铸牢中华民族共同体意识这一核心任务，通过强化"五个认同"（对伟大祖国的认同、对中华民族的认同、对中华文化的认同、对中国共产党的认同、对中国特色社会主义的认同）和"三个赋予一个有利于"（赋予所有改革发展以彰显中华民族共同体意识的意义，以维护统一、反对分裂的意义，以改善民生、凝聚人心的意义；有利于铸牢中华民族共同体意识），创造性地提出了"12388"民族团结工作思路，即将一系列具体举措细化为可操作、可衡量的项目，确保民族团结工作落地生根。

在此框架下，德格县深入实施民族团结"八进"活动，即进机关、进学校、进企业、进社区、进乡村、进寺庙、进网络、进家庭，力求将民族团结的种子播撒到每一个角落。为实现这一目标，创新性地采取了"1+2+N"模式进行联谊，即每名财政供养人员和州级联系部门公职人员至少与一户家庭建立常态联谊关系，并根据实际情况灵活增加联谊户数，形成了4092名公职人员与18862户家庭紧密相连的庞大网络。

为进一步加强民族团结工作的组织保障和力量支撑，德格县成立了23个"石榴籽"工作中心，遍布全县关键区域，并设立了165个"石榴籽"工作室，作为基层民族团结工作的前沿阵地。同时，组建了165支"石榴籽"工作队，并培育了330名"育籽员"，他们如同石榴籽般紧密相连，共同守护着民族团结的宝贵成果。

经过不懈努力，德格县在民族团结进步事业上取得了显著成效。不仅成功推荐出8个州级"优秀石榴籽工作室"和37户"民族团结进步示范家庭"，还通过实践活动累计收集并解决了1911条群众困难诉求，其中1589条已得到有效解决，惠及了2930余户家庭。这一系列举措不仅将民族团结的温暖传递到了千家万户，更将民族团结的"触角"延伸到了社会各阶层、各领域，真正实现了服务群众的"最后一米"。

初春时节，雪山之巅依旧覆盖着皑皑白雪，而在这片纯净的土地上，德格县民族团结工作组带着满腔的热情与真诚，踏入了竹庆镇的八色村、档木村与竹庆村，开展了一场以"民族团结一家亲，融情联谊心连心"为主题的温馨实践活动。在这个充满希望的季节里，他们不仅带来了春天的气息，更用实际行动温暖了每一个家庭的心房。

民族团结工作组深知，要真正促进民族团结，就必须深入了解每一户家庭的具体情况。于是，他们不辞辛劳，挨家挨户地进行走访，仔细询问并记录着家庭成员的数量、思想动态、收入水平以及面临的种种需求和困难。他们的眼神中充满了关切、话语间洋溢着温情，让每一位受访的群众都感受到了家的温暖。

在走访过程中，联谊干部们不仅发放了藏茶等慰问品共计1600余盒，更用心倾听了群众的心声，收集了大家的困难诉求，能现场解决的在现场予以解决。这种即时的反馈与帮助，让群众深切感受到了党和政府的关怀与力量。

同时，民族团结工作组还重点宣传了习近平总书记关于加强和改进民族工作重要讲话精神、《甘孜州民族团结进家庭宣传手册》、《甘孜州"民族团结进步示范家庭"守则》、《德格县民族团结进家庭宣传手册》、森林草原防灭火知识、法律法规各类基础知识，与群众同学习、同交流，共同探讨发展之路、分享生活变化。他们的话语如同春风化雨，将民族团结进步的种子深植于各族群众的心田，引导大家更加感党恩、听党话、跟党走。

翁珠巴姆作为一位联谊亲戚，她的感激之情溢于言表："没有党的危房改造政策，我们怎么可能住上这么好的房子？在镇村两级干部的帮助下，我们家不仅被纳入了监测对象，还申请到了农村最低保障。现在，每个月都有800元的生活补助，丈夫也能外出开大车挣钱，我们家的日子真是越过越好了。"她的每一句话都充满了对党的感恩与对未来生活的美好憧憬。

在推动各民族群众互嵌式发展的征途中，德格县在促进民族团结与共同繁荣的道路上熠熠生辉。该县深刻认识到，就业不仅是经济发展的晴雨表，更是民族团结的催化剂，因此，他们紧紧围绕铸牢中华民族共同体意识这一主线，将推动就业作为连接心与心的关键桥梁。

在就业促进方面展现出了高度的创新与实效。通过构建多元化的就业服务体系，从技能培训到岗位对接，每一个环节都精心设计，力求精准高效。特别是"劳务公司+劳务专业合作社+劳务经纪人"的全链条劳务输出服务模式，不仅实现了劳务输出的组织化、规模化、专业化，更为农民工搭建了一个从家门口直通就业岗位的"快车道"。这一模式的成功运作，不仅提升了农民工的就业质量，更为全县经济社会的高质量发展注入了强劲动力。

在具体实施中，德格县充分利用各类资源，精准施策。以马尼干戈镇为例，通过深入分析高校毕业生台账，采取科学的方法选拔出优秀青年作为劳务公司见习生，他们不仅为光伏项目储备了专业人才，还深入基层收集劳动力信息，为后续的就业服务提供了宝贵的数据支持。这种从点到面、从个体到群体的辐射效应，极大地促进了就业信息的流通与匹配。

此外，德格县还积极搭建线上线下相结合的就业服务平台。无论是"春风行动""就业援助月"等线下活动，还是"掌上德格""德格人社"等线上公众号，都成为求职者与用人单位之间沟通的桥梁。这些平台，不仅让岗位信息触手可及，更让求职指导、就业培训等服务深入人心，真正实现了就业服务的全覆盖与精准化。

2023年，在杭州富阳区迎来了"之江同心·石榴红灵桥家园"与"之江同心·石榴红雅澜洗涤民族团结共富基地"的盛大揭牌仪式，这一历史性的时刻标志着富阳区在促进民族团结、携手共富的道路上迈出了坚实的一步。浙江雅澜洗涤有限公司（以下简称雅澜洗涤）坐落于风景秀丽的灵桥镇，自2006年9月成立以来，便以卓越的洗涤技术和庞大的生产规模在行业内崭露头角，现有员工400余名，他们来自五湖四海，汉、藏、土家、侗、彝、苗、壮、布依等多个民族在这里和谐共处，共同绘制着民族团结的美好画卷。

2021年，富阳区与四川德格县的结缘，如同一股温暖的春风，吹遍了千山万水。两地政府携手并进，在项目建设、产业合作、消费帮扶、劳务协作、智力支援、乡村振兴等多个领域展开了深入而广泛的交流合作，共同绘制了一幅幅民族团结、共同富裕的绚丽图景。在这一背景下，7名来自德格县的藏族务工人员跨越千山万水，来到了雅澜洗涤的大家庭，他们不仅带来了高原的坚韧与淳朴，更在这里找到了实现自我价值的舞台。

仁真泽翁，这位来自德格的藏族青年，用质朴的话语表达了对新生活的热爱与期待："在这里，我每个月能拿到5000元以上的工资，比我在广东打工时还要高。这里的工作环境、生活条件都非常好，我们真心希望能在这里长期工作下去，为家人创造更好的生活。"他的故事，是无数在雅澜洗涤奋斗的各族群众的缩影，他们在这里找到了归属感、获得感和幸福感，共同书写着民族团结进步的新篇章。

德格县更是加强对在当地务工的各族群众的关心关爱，他们积极与当地公司联系，不仅在生活上给予细致入微的关怀，更在文化交流、技能培训等方面下足功夫，努力促进各族同胞之间的交往交流交融，让"石榴红"品牌成为民族团结进步事业的璀璨明珠。

据统计，自2023年以来，德格县在就业促进方面取得了令人瞩目的成绩。摩托车维修、缝纫、烹饪等技能培训的广泛开展，不仅提升了群众的职业技能，更为他们打开了新的就业之门。而4000余条岗位信息的发布、900名农村劳动力的转移就业、7316名脱贫人口的稳定就业，这些数字不仅仅是冰冷的统计结果，更是无数家庭因就业而改变命运的生动写照。它们见证了民族团结的力量，也彰显了德格县在推动各民族群众互嵌式发展方面的坚定决心与显著成效。

展望未来，德格县将继续以铸牢中华民族共同体意识为引领，不断探索创新就业服务的新模式、新路径。他们将以更加开放的姿态拥抱世界、以更加务实的举措服务民生，让民族团结的果实更加丰硕，让共同发展的道路越走越宽广。在这片充满希望的土地上，各民族群众将携手并进、共创辉煌，共同书写民族团结与共同繁荣的新篇章。

三、对口帮扶激活"一池春水"

2980 千米,是杭州市富阳区与甘孜州德格县的距离,也是富阳援川人最熟悉的距离。在国家东西部协作的大背景下,按照中央和浙川两省的统一部署,2021 年 6 月,浙江省驻甘孜工作队正式开启了为期三年的对口支援工作。徐磊等人从富春江畔出发,跨越山海来到了第二故乡——德格。

自"结亲"以来,富阳与德格沿着习近平总书记的指引"双向奔赴",开启山海协作之路,携手奋进一年又一年。三年时间,由富阳援建的 34 个项目如灿烂星辰,照亮了这片雪域高原。从最初的"山海牵手"到如今的"深情相拥",从帮扶"输血"到"造血"强本,富阳在诸多方面给予德格最大支持,奋力画出了"民族团结"和"共同富裕"的同心圆。

初到德格,融入当地生活便成为徐磊首先要完成之事。作为挂职的德格县委常委、副县长,徐磊深知融入是开展工作的重要前提。正因如此,他不仅学说四川话和一些常用藏语,还唱起了藏语歌。并且,他顶着高原反应,在短短 5 个月的时间里,跑遍了全县 23 个乡镇,范围超过 1.1 万平方千米,其目的就是掌握各乡镇的第一手情况。

"德格面积大、人口密度低,对口支援更需精准,不能摊大饼。"徐磊说，根据前期走访情况，工作队为当地开出了"壮筋骨、补气血、健脾胃"三张药方，逐渐形成从单一资金投入到"出资、扶智、帮销"的系统化解决方案。

在"牵手"的三年时间里，富阳着眼产业协作，始终以问题为导向，做到精准施策，凭借一笔笔资金的投入以及一个个项目的落成，对德格县的产业重塑给予了强劲有力的支撑。

从德格县城出发，驱车230多千米来到温拖镇，逐渐形成规模化种植的德格"菜篮子"大放异彩。温拖镇是半农半牧交错区，过去因为高寒缺氧、交通不便，当地老百姓大多依靠放牧、采挖虫草为生，只能解决基本温饱，日子过得紧巴巴。为让温拖镇现代农业提质增效，从去年开始，富阳区派驻德格县工作队与当地镇村干部一起，经过多方考察和论证，投资3000万元援建当地最大规模的农业现代化基地项目，旨在实现生鲜蔬菜从选种育苗、智能养殖、产品加工到仓储运输的全产业链生产。

如今，走进约15 000平方米的蔬菜种植基地，映入眼帘的是20个高标准冬暖式蔬菜大棚。"有了这些大棚，我们的蔬菜，不仅满足了自身食用需求，也能销往成都甚至更远的地方，助力我们增收。"望着新鲜的白菜、莲花白、番茄、辣椒等蔬菜，温拖镇党委副书记曲尼绒波满脸兴奋地说。

为了方便照看这些蔬菜，全自动智能育苗室通过标准化育苗，在降低老百姓生产成本、时间成本的同时，成活率、壮苗率、菜品质量也高于群众自育。与此同时，距离种植基地10千米处，德格首个蔬菜加工基地业已同步竣工，面积逾1200平方米，等待设备到位后即可投用。

高原生鲜蔬菜运输成本高，也容易腐烂，针对这种情况，富阳区帮扶工作队将蔬菜做成酱泡菜等农产品，不仅可以提升两倍以上附加值，还能扩大销售范围。曲尼绒波专门算了一笔账，这种做法可以给当地群众增加百余个就业岗位，使镇上每人的年收入增加1000多元。

未来，德格县将持续推动温拖蔬菜现代农业园区建设，扩大绿色蔬菜种植生产面积；完善高标准农田及灌溉水利设施建设，健全冷链仓储及物流配送设施；推动农产品精深加工产业发展，延长产业链条，提高附加值。到2025年，园区农业设施及冷链仓储配送设施完备，农产品加工业发展良好，农旅融合产值提升，园区核心区规模达到5000亩以上，园区总产值达到1亿元，成为甘孜北部地区重要的冬春蔬菜保供基地。

德格是个文化宝库，如何让游客更深入地体会浩瀚的康巴文化，并把这些文化遗产变成美丽产值，实现文旅融合，是富阳帮扶工作队来到德格后分外关注的。在多番调研思考后，工作队决定以康巴文化博览园和德格印经院为突破口。

对于康巴文化博览园，富阳援建资金1450万元，助力康巴文化博览园建设，打造爱国主义教育基地、非遗传承基地和青少年实践基地等。对于德格印经院，富阳积极牵线搭桥，2023年7月18日，杭州国家版本馆与德格县签订了《关于联合开展德格印经院珍稀雕版研究保护的合作协议》，双方将通过数字化建设，对优秀传统文化进行保护传承。2024年7月26日，在知名文旅品牌十里芳菲与德格县的合作下，德格印经院文化发展有限公司及德格印经院博物馆正式揭牌成立。

值得关注的是，德格印经院文化发展有限公司及德格印经院博物馆揭牌当日，德格县委书记昌呷次称直言这是浙江与德格两地深厚情谊与务实合作的生动写照，将为德格文旅产业注入强劲动力，开启浙川对口帮扶新篇章，德格将始终坚持"两个毫不动摇""三个没有变"方针，不断优化营商环境，为深化合作、实现互利共赢创造良好条件。而作为合作方，十里芳菲董事长张蓓回应，将充分利用自身在文化旅游领域的专业优势，聚焦于核心产品开发、旅游线路优化、特色体验课程设计等方面，同时联动县域内丰富的文旅资源，共同构建德格全域旅游新生态。

在德格县麦宿镇，群众凭借手工艺走上致富路，在这当中富阳出了不少力。通过对口支援尝试，麦宿镇的唐卡绘画、木雕、泥塑、彩绘、铜铸等民族手工艺品，以及虎掌菌、青稞、藏香等农副产品得到帮销，年销售额高达400余万元，既带动了当地群众增收致富，又让众多德格好货走出大山，走进富阳寻常百姓家。

同样迎来转机的是德格县错阿镇绒岔村。川藏北线G317堪称坐落在人间的"天路"，神圣壮丽，吸引着来自全国各地的自驾游客。2022年，位于G317沿线的德格县错阿镇绒岔村与马尼干戈镇措巴村，一同被纳入由富阳援建的乡村振兴示范村建设项目，进行了整体风貌改造。

三年来，富阳始终坚定不移地将保障和改善民生视作对口支援工作的关键要点，秉持"德格所需、富阳所能"的理念，使援助资金与项目向民生领域和基层方向倾斜，着重解决一系列诸如教育、医疗、道路、供水等老百姓急切期盼解决的民生难题。如今，德格县的民生事业实现高质量发展，群众获得感、幸福感与安全感得到了极大提升。

在德格县，藏族人口占比超过97%。作为全面提升民族地区学前教育质量的关键一环，推广普及国家通用语言文字工作任重而道远。2023年5月31日，富阳出资援建的"善地之声"学前普通话推广实践基地在德格县城关第一幼儿园揭牌成立。

德格县城关第一幼儿园园长四朗朗措回忆说，在富阳援教老师赵洪飞的帮助下，孩子们有了在玩乐中学习和提高普通话能力的活动场所。在不到一年时间里，幼儿园通过开展故事朗诵、共读绘本、推普电影展等活动，让孩子们养成了说普通话的好习惯，甚至还带动了家长一起学普通话。

同样迎来改变的还有2000多名德格县的初中生。在县中学新校区建成后，他们就能集中就学，告别曾经翻山越岭的求学路。

在所有富阳援建德格的民生和产业项目中，无论单体投资还是建设规模，德格县中学新校区都是最大的。

同年 7 月末，走进更庆镇八一桥村项目现场，教学楼、学生宿舍、学校食堂及室外附属工程等均已完工，正在进行室内装修。富阳区派驻德格县工作队成员、德格县政府办公室副主任张一梁介绍说，德格一共有两所中学，学生 4000 人左右，学位紧张，教学用房、生活服务用房都不足。2022 年 6 月以来，在杭州和富阳社会各界爱心人士的帮助下，德格县中学新校区建设有序推进，已于去年底全面竣工。

如今，看着新校区从一片河滩荒地拔地而起，德格县教育和体育局副局长陈友才感慨万千。他介绍，2024 年 9 月新学期开学，学校将迎来首批学生，目前总共规划设计 40 个教学班，可容纳寄宿制学生 2000 人。并且，为了纪念富德两地因对口支援结下的深厚情谊，学校各个建筑将以杭州楼、富春楼、春江楼等命名。

在温拖镇中心卫生院，经常能看到男女老少在一辆中巴车前排起长队等待检查的画面。中巴车身上印着的"浙江富阳对口支援医疗车"字样，不得不让人再次被富阳的用心感动。

这辆中巴车是一辆可进行 DR（数字 X 线摄影）检查的移动体检车，有了它，村民们在家门口就能做检查。虽然平时卫生院可以检查一些常规项目，但像肺结核、棘球蚴病、两癌筛查等这些特殊项目，只有检测车才能做。

2023 年 10 月，甘孜州拉开了结核病集中防治攻坚行动序幕。为助力全县开展结核病筛查，富阳捐赠了这辆价值 90 万元的移动 DR 检测车，极大地方便了德格的医疗工作。德格县人民医院副院长三朗巴姆说，利用 DR 检测车，基本上两个月时间就能把全县所有乡镇跑完，并且可以覆盖所有常住人口。

DR 检测车是富阳帮扶德格的缩影。三年来，针对德格高原急救外送交通不便利、急救力量薄弱、专业医疗人才缺乏等短板，富阳累计援助 320 万元，为德格县人民医院配备腹腔镜、血液回收机、关节镜等急需医疗设备，助力开展高原医疗保障急救中心建设和结核病门诊规范化改造，通过降低转诊率，打造急救快速救治链条，为患者搭建起一条条"生命通道"。未来，富阳还打算强化德格当地的外科、手术室建设，进一步发挥高原医疗保障急救中心的作用，打造甘孜北路第一手术科室，让"生命通道"更加宽阔。

在德格县阿须片区寄宿制学校，女孩子每月都能领取免费的生理卫生用品。这份温暖同样来自富阳，2021 年，由富阳牵线，民盟杭州市委会、浙江省妇女儿童基金会、"我是筑巢人"公益联盟联合发起，定期为对口支援地区的适龄女孩赠送包含生理知识科普、成长手册、内衣裤、生理用品的"豆苞"公益项目成立。从此，阿须片区寄宿制学校的女孩子稳度青春期有了保障。

不仅是青春期女孩，阿须片区寄宿制学校的 2000 余名学生都收到过来自富阳的礼物，包括富阳滴水公益的"圆梦礼包"为全校学生提供定制版校服，以及文具袋、笔记本、铅笔、书包等学习用具；富阳区新联会"文化润疆·书的力量"公益助学项目募集到的数百本图书；爱德基金会、阿里巴巴公益联合淘宝天猫家装家居行业赠送的210套崭新课桌椅……

尤为值得一提的是，从"豆苞"公益项目起步，如今以女性关爱为重点的"高原阿妈"行动，已成为富阳对口帮扶德格的闪亮名片。

该行动在帮助解决高原女性看病难、维权难、就业难等问题上进行了先行探索，让德格的"半边天"们生活得更加自信和自立。比如，为维护高原女性合法权益，富阳投入20万元，提升改造"正义雪莲"女子审判团工作站建设；在女性健康发展上，开展育龄妇女两癌和其他妇科病筛查5000余人次；在就业增收方面，创新开展直播带货活动，开展新型技能培训，帮扶女性农牧民实现家门口就业。

此外，三年间，富阳还陆续投入100万元，为百余名残疾人发放辅具，并针对厨房、扶梯、热水器、卫生间等内容，为75户特困残疾人家庭完成房屋无障碍改造，让爱之花盛开在德格每个需要的地方。

做好对口支援工作，关键在人的智慧、人的力量和人的奉献。受海拔高、交通远等因素制约，专业人才的缺失限制了德格民生事业高质量发展。因此，组团式帮扶，一个崭新的名词，浮出水面。在"富德授渔计划"下，由海归医学博士、资深主治医师、学科带头人、省级正高特级教师共36人组成的富阳支教、援医"天团"先后奔赴德格。

在德格县城关第一幼儿园,王忠文和马志钧是第三批从富阳来德格的支教老师。王忠文来自新登镇中学,主业教的是美术,早在2021年9月,他就作为首批专技人才来到了德格。两次支教期间,王忠文在调研中发现,藏族学生汉语水平差异比较大。对于这种情况,王忠文与其他支教老师一起,通过开展教师培训、送教下乡等形式,致力于普通话的推广工作。马志钧来自富阳职教中心,帮教7个月来,马志钧在德格县教育和体育局招生办工作,主要负责撰写课改教案,以及组织开展论文评比等活动,通过加强对当地乡村中小学的教学研究和指导,带动课堂教学质量和师资队伍整体素质提升。

相较于王忠文和马志钧的辛勤"育苗",民进会员、富阳区第一人民医院全科医生陈斌则是富阳第三批对口支援医疗帮扶人才,被委以德格县人民医院急重症科第一主任重任。

作为全科医生,陈斌深知自己援川的使命是为德格的基层医疗健康服务"造血",帮扶时长有限,只有将先进的医学理念与诊疗技术传授给当地医护工作者,才能真正打造一支"带不走的医疗队"。于是,陈斌根据德格县人民医院科室发展需要积极投身科室管理和学科建设,积极参加科室及院级培训,潜心整理了过敏性休克、高血压急症、急性肺栓塞、急性心肌梗死等四种急危重病的急救手册,有效提高了院区医务人员的急危重患者抢救意识和水平,增强整体应急能力。

2024年3月，陈斌帮扶期满返回富阳。在德格的这段经历使他非常自豪。他说，一次援川行、一生援川情，他将尽其所能，继续关注和支持德格医疗卫生事业发展。

在德格县人民医院五官科，26岁的尼玛降称"学成归来"，填补了医院没有五官科的空白。现在五官科每个月的门诊量有四五百人，甚至还有从西藏慕名而来的病人，尼玛降称一人就扛起了整个科室。

时间回到2021年7月。当时，富阳区第一人民医院耳鼻喉科副主任医师陈广力作为队长，与其他5位队员一同来到德格县人民医院，开展为期3个月的医疗帮扶工作。尼玛降称作为陈广力的结对徒弟，从观摩门诊技术到亲自操刀手术，"点穴式"地吸收了最前沿的医疗技术。为了获得更多培训和实战的机会，同年11月，尼玛降称跟着陈广力来到富阳，在区第一人民医院进修学习。其间，尼玛降称一共接待门诊5823例、参与手术167台，并顺利考取了助理医师资格证，获得了在德格县人民医院需要数年才能积累的实操经验和技术跨越。

而3年来，德格累计选派7名干部25名专技人才到富阳实训，也破解了"东部人才队伍一走、西部人才难以为继"的难题。

四、高德携手共奋进

"血压稍微有点高,不过别太担心,平时要注意饮食清淡,还要适当运动。"

"医生谢谢你,那我还用不用吃药?"

"先不用吃药,您按照我说的调整生活方式,观察一段时间看看。"

2024年7月13日一早,麦宿镇中心卫生院里人头攒动。经过成都高新医学会专家们的耐心义诊,村民们个个有收获。本次义诊累计诊疗144人次,为促进优质医疗卫生资源向基层流动做出了表率。

类似这样在德格上演的场景,成都高新区曾无数次出现,而这一切要从10多年前说起。2012年至今,成都高新区携手德格县,累计投入对口支援专项资金9亿余元,实施援建项目200多个,涉及各个领域,全方位助力德格县从脱贫"摘帽"走向乡村振兴。

深化对口帮扶永远在路上。2023年7月,成都高新区(简阳市)第七批对口支援工作队全体队员准时抵达德格,开启了为期两年的对口支援工作。30名队员平均年龄37.9岁,分别是来自市场监管、法院、教育等各个战线的骨干。

如何快速让全体人员认识到支援工作重要性,全身心投入工作,全力推进惠民项目落地落实,着力搭建"蓉·德"发展桥梁？一时间，这成了摆在对口支援工作队面前急需解决的问题。最终，建立和完善团队管理各项规章制度成了首要任务。

成都高新区（简阳市）第七批对口支援工作队在充分借鉴往批对口支援工作队较为完善的工作制度基础上，将现阶段德格县实际发展情况与工作队工作开展情况相结合，在最短时间内制定完成《成都高新区（简阳）第七批对口支援工作队工作手册》。手册中涵盖了临时党支部工作运行制度、对口支援工作队日常工作管理制度等，对党组织领导、工作原则、队员工作职责等进行了进一步明确，团队管理正式步入规范化运行和制度化运转轨道。之后，工作队围绕该手册进行制度宣讲、工作考核，确保了有针对性且高效率地开展相关工作。

对口帮扶以来，教育助推乡村振兴是成都高新区的重要抓手。2023年9月，成都高新区（简阳市）第七批对口支援工作队结合当地实际，在前期调研基础上，创新开展"教务托管"模式。该模式将工作队和支教队的9名教师人员整合为新团队，根据其管理经验、学科专业进行统筹安排，承担该校教务管理及部分班级的教学工作，希望通过探索实践，形成可复制、可推广的有效经验。

该模式在德格县城关第二完全小学一年级（2）班和（3）班率先开展。两个班的任课老师、班主任、教导主任、副校长，均由"教务托管"团队担任。此外，还实行"双主任制"，进一步促进教学、德育协同发展。

成都高新区（简阳市）第七批对口支援工作队队员余艳艳虽是（3）班的数学老师，但作为"教务托管"团队的一员，两个班79名孩子的情况，她都了然于心。这种全面了解，正是"教务托管"模式的核心和基础。"因材施教，有针对性地进行调整，激发孩子们的学习积极性，促进他们全面发展。"

受益的不只是学生。每个月学校会组织教学研讨会，由"教务托管"团队给其他老师作分享交流，充分发挥教育帮扶人才的"传帮带"作用，助力当地教育体系建设高质量发展。在大家的共同努力下，德格县城关第二完全小学还获得了四川省"2023年度优质学校对口帮扶乡村振兴重点县中小学先进集体"的荣誉。

在德格县错阿镇，6台蓝色电动清洁三轮摩托车是一道亮丽风景线。每天，环卫员泽布和同事们都要进行巡逻清扫工作。过去，马达村、绒岔村和错通村沿G317铺开，长约27千米的路段清扫还是有点难度的，自从有了电动环卫车，现场转运垃圾变得高效便捷，泽布和同事们不禁为成都高新区（简阳市）第七批对口支援工作队点赞。原来，在他们的推动下，高新区石羊街道办事处迅速组织好捐赠物资，将电动环卫车送到了错阿镇。

在电动环卫车到达的那天，错阿镇中心小学也收到了100多套书包、文具、校服，这也是成都高新区深入拓展全域结对帮扶的片段之一。截至2023年7月，成都高新区已有30余家单位与德格县36家单位建立起全域结对帮扶关系，集中资源解决了部分制约当地经济社会发展的基础条件问题。

刚来德格不久，成都高新区（简阳市）第七批对口支援工作队队员周鹏和黄亚婷就马不停蹄地加入了德格结核病筛查义诊。周鹏作为带队队长，每天清晨，都是最先到达现场，清点队员、做好准备、开展每日工作小结、梳理当天情况、优化后续步骤等是他的工作内容。

长期以来，成都高新区（简阳市）的"送医上门"让德格百姓感到温暖。阿须镇副镇长贡呷降拥就曾多次提及，以前村民生病，要骑几个小时摩托车去县城，现在家门口就能看病、做筛查，大家都很感恩。

据统计，聚焦医疗帮扶，成都高新区先后投入5780余万元，实施德格县南派藏医药康养园、德格县人民医院第二医疗区附属设施建设项目等。同时，还探索建立专业技术骨干上挂下派挂职制度和医技人才培养、人员提升机制，进一步改善本地医疗卫生条件和群众就医环境。

麦宿工坊是成都高新区对口帮扶的重点领域之一。针对传统民族手工艺发展，围绕让民间小作坊成为致富"大车间"的发展思路，成都高新区对口支援工作队先后扶持了土陶、铜铸、唐卡、牛羊毛绒编织等11个项目。同时，投入2200多万元修建麦宿镇产业园区，新建1栋住宿楼和6间手工艺工坊，预计建成后年产值达600万元，带动150个村民就业，每人每年可增收1.3万余元，进一步加强乡村振兴产业支撑。

成绩有目共睹。2024年第一季度以来，成都市高新区与甘孜州德格县在光伏项目、文旅融合、特色产业等多个领域，共同推动项目落地实施，为德格县的经济社会发展注入了新的活力。

在积极协调区内优势资源保障帮扶项目落实落地后，成都高新区（简阳市）对口支援工作队为德格县提供了有针对性的帮扶措施和优质资源。其中，工作队积极协调项目业主单位，推动德格县完成拟定《2024年高新援建项目清单》，并初步确定2024年援建项目21个，其中新建项目14个、续建项目7个，其中特色产业投资达5500余万元。在推动"德格县光伏项目"和"文旅融合产业"合作中，工作队积极协调区内优质政企，为德格县域经济发展和项目落地出谋划策。

2024年2月，依托成都高新区（简阳市）对口支援工作队，成都高新区发展改革局还组织开展了德格县光伏产业和德格县文旅产业发展专题会，四川省社科院、通威集团等行业专家为德格县经济提升提供了详细优质的发展思路。

结合德格县实际情况，成都高新区（简阳市）对口支援工作队还制定了一系列帮扶措施。在产业发展方面，在保障对德格援建资金50%用于特色产业发展的基础上，积极协调区内企业参与德格县投资，为特色产业的培育和发展提供经验和技术支持。在人才培养方面，工作队主动协调德格县委组织计划投资200万元用于"德格县本土干部人才培养"。在基础设施建设方面，除对竹庆镇市镇道路建设、德格县中学新校区（二期）等建设项目继续投资外，还将德格县人民医院第二医疗区附属设施建设项目、德格县10个村级活动场所项目、德格县错阿镇错通村乡村振兴等建设项目纳入年度重点工作。

此外，成都高新区（简阳市）对口支援工作队坚持深入开展基层党组织结对共建工作，与德格县3个乡镇6个行政村基层党组织开展结对帮扶主题活动，并建立结对共建工作台账，实时记录活动过程，及时梳理结对成果，持续深入开展针对30户监测对象的帮扶工作，主动收集群众意见并及时向组织反馈，积极协调解决群众基本困难。

"工作队将持续聚焦团队建设、目标导向和帮扶内涵，以提质增效为要求，持续推进帮扶工作。"成都高新区（简阳市）第七批对口支援工作队队长刘毅盛说，成绩的取得让大家进一步坚定了帮扶信心，到2024年12月底，将完成对口支援计划内工作，助推德格县经济社会发展分类指标全部完成，持续深化帮扶内涵、发挥引领作用，助力德格县经济社会高质量发展。

无论是浙江富阳，还是成都高新区，它们给予德格的帮扶是跨越山川与河流的伟大携手，是人类命运共同体理念在现实中的生动实践。在这一进程中，我们看到的不仅是物质的援助，更是精神的传递。在这场关于共享与合作的演绎中，富阳与高新，用无私奉献和坚定信念为德格"描眉画眼"，并助其实现"破茧成蝶"。在时间卷轴里，它们带给德格的温暖与力量是不可衡量的，同时我们也相信，德格定将这份深情厚谊镌刻在灵魂的最深处，让其在岁月的长河中永绽光芒。

第二节　解锁基层治理"新密码"

一、基层治理

基层治理是乡村振兴的基石，社会稳定是乡村振兴的前提。德格县扎实推进基层社会治理现代化建设，牢牢把握坚持和完善共建共治共享的社会治理制度总体要求，不断完善党委领导、政府负责、民主协商、社会协同、公众参与、法治保障、科技支撑的社会治理格局，积极探索社会治理体系和治理能力现代化路径，为建设社会主义和谐德格营造更加良好的社会环境。

西布村在探索基层治理的新路径上，无疑为我们描绘了一幅生动而温暖的画卷。他们不仅成功地摘掉了贫困的帽子，更在如何打通基层治理"最后一公里"的问题上，给出了富有成效的答案。

通过网格化管理，西布村将治理的"触角"延伸至了最细微的末梢，让每一位村民都能感受到治理的温度与力量。这种以村民小组为网格、党小组为核心、党员为纽带的"网格化"服务管理模式，不仅强化了党组织的战斗堡垒作用，更激发了广大党员的先锋模范精神。每名党员主动承担起联系群众的责任，让党的声音和关怀能够直达每一位村民的心灵。

他们利用微信群等现代通信工具，构建起了一个高效、便捷的信息传播平台，使得政策法规的宣传更加精准、及时。同时，通过大力推进"传承好家风家训家规"活动，积极开展"美丽农户家庭院""五好家庭""最美家庭"等评选活动，在潜移默化中提升了村民的道德素养和文明意识，他们制定村规民约23条，梳理涉及基层党务、村级事务、便民服务等事项31条，尤为值得一提的是，新修订的村规民约在细节上下足了功夫。它规定了婚丧事宜的桌数标准、礼金控制等具体事项，旨在引导村民们摒弃铺张浪费的陋习，转而追求婚事新办、丧事简办、勤俭节约的文明新风。这样的规定，不仅减轻了村民们的经济负担，更在无形中提升了整个村庄的精神风貌。

为了确保村规民约得到有效执行，布西村还成立了一支乡村治理督导队伍。这支队伍由德高望重的长者、热心公益的村民以及法律明白人组成，他们在红白理事会、村民议事会、道德评议会等群众性组织的通力协作下，共同肩负起监督村规民约执行的重任。他们不仅会对违反规定的行为进行及时纠正和劝导，还会通过举办讲座、发放宣传资料等方式，引导村民们树立正确的价值观和道德观。在乡村治理督导队伍的推动下，布西村的村民们逐渐形成了自我管理、自我服务、自我监督的良好氛围。他们开始更加主动地参与到村庄的公共事务中来，积极为村庄的发展献计献策。同时，他们也更加珍惜彼此之间的友谊和团结，共同维护着村庄的和谐稳定。

在解决村民实际问题的过程中，西布村更是实现了"小事不出格，大事不出村"的治理目标，绘就了一幅幅温馨和谐的乡村画卷。为了进一步强化监督机制，确保村务的透明与公正，西布村创新性地建立了村级专项监督工作站，并大力推进村务监督委员会的规范化建设。这一举措不仅为村民们提供了一个监督村务的平台，还成立了党员志愿服务队，党员们以身作则，带头参与到村庄的各项事务中来，用实际行动诠释了共产党员的初心和使命，通过引导村民参与到低保评定、临时救济发放、生活垃圾分类、人居环境整治等关系到村民切身利益的事务中来，激发了他们参与自治的热情，让每一位村民都能成为自己家园的守护者。

为了营造共建共治共享的社会治理格局，西布村还采取了多种创新措施。他们建立健全村民会议、村民代表会议等民主决策机制，确保重大事项决策前充分听取村民意见，保障村民的知情权、参与权、表达权和监督权。利用互联网、手机客户端等现代信息技术手段，拓宽村民参与渠道，实现线上线下相结合，提高民主决策效率和透明度。同时，加强对村民自治的指导和培训，提高村民的民主素养和自治能力，通过村民小组，召开坝坝会，与村民面对面交流，倾听他们的心声，解决他们的难题，正是这种高效、务实的工作作风，让西布村在解决村民实际问题上取得了显著成效。无论是垃圾清理、政务服务，还是村级事务等大小问题，只要村民有所反映，村级网格员就会迅速响应并妥善处理。他们用最真诚的态度、最专业的技能、最快捷的效率，为村民们排忧解难，赢得了村民们的广泛赞誉和信赖。在西布村这片热土上，村民们正携手并进，共同书写着乡村治理的新篇章。

为激发基层内生动力，德格县以自治为核心，积极探索和实践基层治理的新模式，旨在构建更加高效、民主、和谐的基层治理体系，为乡村振兴提供坚实的制度保障和动力源泉，在"三办四中心"工作运行机制的基础上，德格县进一步细化村（社区）自治组织设置，明确村委会、居委会及其下属各委员会（如人民调解、公共卫生、社会保障等）的职能边界，优化自治组织架构，提升治理能力，确保各项自治事务有专人负责、有章可循。同时，鼓励和支持村民小组、楼栋单元等微观自治单元的建立，形成"村（社区）—小组（楼栋）—户"三级自治网络，增强自治的灵活性和实效性。

而在2022年下发的《德格县民政局关于加强村规民约（社区公约）修订完善及健全备案和履行机制的通知》文件里，乡村振兴、移风易俗、疫情防控等新时代要求，也成为村民自我管理、自我教育、自我服务、自我监督的重要工具。全县165个村（居）均完成村规民约（社区公约）制定工作，并通过合法性审查，在乡镇人民政府完成备案，村规民约不仅涵盖环境保护、邻里关系、家庭和睦等传统内容，还包括通过定期举办村规民约学习会、评选"遵规守约示范户"等活动，增强村民的规则意识和自治能力。

在深化"枫桥经验"、推动矛盾纠纷源头化解上，德格县积极借鉴"枫桥经验",坚持和发展新时代"枫桥经验",将矛盾纠纷化解在基层、化解在萌芽状态。通过建立完善矛盾纠纷排查调处机制,加强人民调解、行政调解、司法调解的衔接联动,形成了多元化解矛盾纠纷的工作体系。同时,注重发挥基层调解组织的作用。

益西登真"石榴籽"调解小分队,作为德格县基层治理中的一抹亮色,其成立初衷旨在深度挖掘并充分发挥基层治理的潜能与优势,以法治为纽带,将各民族群众紧密相连,共同绘制一幅民族团结、和谐共进的美丽画卷。这支小分队不仅承载着调解矛盾纠纷的使命,更致力于在广袤的草原上播撒法治的种子,通过丰富多彩的法律宣传活动、深入浅出的以案释法,让法治观念深入人心,成为连接人心、促进团结的强大力量。良好的法治氛围是社会稳定和谐的基石。因此,"石榴籽"调解小分队不遗余力地在辖区内营造浓厚的法治文化氛围,鼓励各民族群众学法、懂法、守法、用法,共同维护社会公平正义。在这个过程中,小分队不仅成了法治宣传的"排头兵",更成了民族团结的"黏合剂",推动了各民族群众在相互尊重、相互理解的基础上,携手共进,共创美好未来。

为了更好地服务群众,调解时创新性地采用了线上与线下相结合的方式,构建起全方位、立体化的服务体系。无论是面对面的沟通交流,还是通过网络平台的远程服务,都力求让群众感受到便捷与高效。针对买卖合同、婚姻家庭、邻里矛盾、劳动务工等常见的矛盾纠纷，"石榴籽"调解小分队始终保持着高度的敏感性和责任感，主动出击，深入一线，进行细致的摸排与调查，确保矛盾纠纷能够早发现、早介入、早化解。在这个过程中，"草原枫桥"的精髓得到了淋漓尽致的展现。调解员们凭借着深厚的基层网络和丰富的实践经验，巧妙运用"人熟、地熟、事熟"的优势，快速而准确地找到案件的症结所在。他们秉持着公开、公平、公正的调解原则，以群众乐于接受的方式展开互动交流，逐步引导当事人理性表达诉求，合理解决纷争。通过耐心倾听、细心分析、真心帮助，调解员们一步步解开当事人的心结，搭建起理解与和解的桥梁，让矛盾纠纷在源头上得到化解，真正实现了"司法多服务，群众少纠纷"的综合效益。那些日子里，"石榴籽"调解小分队的成员们忙碌而充实。他们用自己的专业与热情，书写了一个又一个化解矛盾、促进团结的感人故事。在他们的努力下，德格县的基层治理工作焕发出了新的生机与活力，为民族团结进步事业贡献了不可磨灭的力量。除了益西登真"石榴籽"调解小分队，德格县还有春雷执行小分队、正义雪莲小分队、高原阿妈小分队、春雨法庭小分队，他们深入群众、贴近实际，用群众听得懂的语言、信得过的方式，有效化解了各类矛盾纠纷，维护了社会和谐稳定。

而在深化社会治理创新的道路上，德格县茶马社区就坚持优化网格化服务管理体系，致力于构建一个更加精细、高效、和谐的社会治理新格局。

在党建引领下，茶马社区精准构建管理台账，织密网格化服务网络，铸牢中华民族共同体意识，有效激发了辖区群众参与"共建、共创、共享"的积极性。随着经济社会的发展和城镇化进程的加快，茶马社区面临着人口增长、结构复杂、纠纷增多等挑战。对此，社区坚持党建引领，精准划分三个网格，强化社区治理，通过"双报到"活动形式，组织57个机关党支部深入社区，开展服务活动，解决群众诉求，极大地提升了居民的生活环境和居住满意度、幸福感，为了更有效地解决群众矛盾纠纷，茶马社区还成立了"有事来协商和矛盾纠纷调解"工作室，将民主协商理念融入社区治理之中，倡导"遇事多商量、有事好协商"，为居民提供了一个理性表达诉求、寻求解决方案的平台。

同时，社区还注重弘扬中华民族传统文化，通过举办"社区善行榜""平安家庭榜""平安小区榜""职业道德榜"等评选活动，表彰先进居民，树立道德标杆，引导居民崇德向善，营造积极向上的社会氛围。在法治上，茶马社区紧密结合"八五"普法、送文化下社区等活动，广泛宣传《中华人民共和国宪法》《中华人民共和国民法典》等法律法规以及社会主义核心价值观和党史知识，不断完善社区自治公约，激发居民参与社区治理的热情。通过这些活动，居民的法治思维和法治意识得到了显著提升，大家更加自觉地遵守法律法规，共同维护社区和谐稳定，形成了"听党话、感党恩、跟党走"的浓厚氛围。

茶马社区就是德格的一个缩影，在推动社会治理现代化进程中，德格县以高度的责任感和使命感，持续优化网格化服务管理体系，立足城区实际，对现有的 11 个城区网格进行了全面、深入的"回头看"行动，确保网格划分科学合理，服务管理无遗漏、无死角。同时，为进一步提升网格化管理水平，该县新增配了 4 名专职网格员，使得专职网格员总数达到了 16 名，实现了网格员队伍的充实与强化，确保每一片城区都能享受到精细、高效的管理服务。这些网格员将深入基层，成为居民身边的"贴心人"，及时解决群众的困难和问题。在专职网格员管理方面，德格县不断健全完善管理考核制度，将矛盾纠纷排查调解、安全风险隐患预警报告等重要职责明确纳入网格员职责清单，确保网格员能够充分发挥作用，成为社区稳定和谐的重要力量。同时，该县还完善了考核办法，通过定期考核、评优评先等方式，激发网格员队伍的工作热情和创造力，为网格化管理注入了新的活力。

除了实行网格化的精细管理，德格县还注重社区干部队伍的专业化建设，积极构建全面、高效的社工三级服务体系，以更加精细化、人性化的方式服务于民，促进社区的和谐与发展。为了提升社区干部的专业素养和服务能力，大力动员并鼓励社区工作人员参与年度社工职业水平考试，通过系统的学习与实践，他们掌握了先进的社会工作理念和方法，从而在日常工作中能够更加专业、高效地解决居民的问题和需求。同时，针对社区工作中可能遇到的各类突发事件，德格县还加强了社区干部的应急处置能力培训，通过模拟演练、案例分析等多种方式，提升他们的危机意识和应对能力，确保在关键时刻能够迅速、有效地采取行动，保障居民的生命财产安全。在推进社工三级服务体系建设方面，德格县提前规划并发布了详细的实施方案，为项目的顺利推进提供了坚实的制度保障。同时，该县积极引进甘孜藏族自治州天下谷社会工作服务中心等专业机构负责项目的运营与管理，通过搭建县级项目监督小组和组建统筹小组，确保项目能够按照既定目标有序进行。为了更好地服务当地居民，德格县还特别注重本土藏汉双语社工的培养和配备，每个社区站点都配备了至少2位能够熟练使用藏汉双语的社工，以便更好地与居民沟通交流，提供更加贴心、个性化的服务。依托总站平台，充分发挥其八大功能作用，通过五社联动机制积极链接和整合各类慈善资源，共同推动项目的深入开展。同时，该县还根据3个社区服务中心的实际场景和项目服务特色，精心设计了"3善社工总站""老年友好社工站"和"儿童友好社工室"等特色站点，结合一系列富有针对性的服务活动，让社工站（室）的服务真正走进居民的生活，成为他们可感、可及、可见的实际帮助。为了进一步满足居民的多维度需求，德格县还精心整理了需求清单，并设计了一系列具有创新性和实用性的服务品牌，如"格桑花开"儿童成长营、"善缘志愿服务"、"隐形的翅膀"、"善地长辈健康守护计划"、"善治红色先锋"和"帐篷计划"等。这些服务品牌不仅涵盖了儿童、老人、志愿者等多个群体，还涵盖了教育、健康、文化等多个领域，通过将服务带进社区、带进学校、带进居民身边，实现了对居民需求的精细化回应。现在德格县已经成功梳理出一套符合本土实际的社工三级服务体系，并对"3善"特色县社工总站、"老年友好"更庆镇社工站和"儿童友好"社区社工室等3个不同场景空间进行了升级改造；成功孵化了3支志愿服务队伍，开展了9次社工人才交流培训活动，赋能培育了21名社区工作者和社工岗人员，并陪伴支持了95名报考社工资格的考生备考。这些努力不仅促进了社区工作者和社工岗人员的专业成长和能力提升，也为社会工作三级服务体系的进一步完善和发展奠定了坚实的基础。

通过一系列扎实有效的措施，德格县网格化服务管理体系和社会服务不断优化升级，社区治理效能显著提升。居民们纷纷表示，现在遇到问题能够及时找到网格员寻求帮助，社区环境更加和谐稳定，大家的安全感、获得感和幸福感不断增强。

二、教育

在德格的基层治理中，教育事业与医疗事业是推动社会持续进步和发展的强大内生动力。按照习近平总书记"要加强和创新基层社会治理，使每个社会细胞都健康活跃"的相关要求，德格县积极响应号召，以高度的责任感和使命感，在教育事业和医疗事业上苦下功夫。

"幼有所育、学有所教"，德格县全面贯彻新时代党的教育方针，落实立德树人根本任务。全县共有义务教育阶段学校33所、中心幼儿园27所，教育办学覆盖23个乡（镇），覆盖率达100%；全县符合义务教育读书的16 244人，实际就读16 244人，就读率达到100%；实有在编教师946人，师资学历合格率达100%；村级双语辅导员311人，后勤人员343人。

在全面贯彻落实《推进新时代德格教育发展实施意见》里，"善地未来工程"开始实施，直面师资力量不足、教学质量不高、教育管理不力、重教氛围不浓、校点布局不佳、校园文化不优等六大问题，全县上下，齐抓共管，落实"两个只增不减"教育经费投入，全额兑现省、州各类政策保障资金。同时，县级财政每年投入600万元，用于教学质量奖励、网班教学、学生课后延时服务、教育培训、教育督导等，补齐教育发展的短板。

教育是百业之基，是千秋大业，是最大的民生工程。现在的德格，教师队伍不断扩容提质，通过政府购买服务、专项培训等方式，吸引了更多优秀教师扎根乡村，加上完善教师30%奖励性绩效工资分配方案，健全以政府投入为主的课后服务奖励机制，对教龄满30年的一线退休教师一次性发放退休奖励金从8万元提高到15万元，多样的奖励政策让优秀教师愿意留下来，为乡村教育注入了新的活力，新增师资力量362人，在全面落实学生资助政策上，德格县兑现各类教育补助资金33 428.46万元，惠及学生16 244名。

在第39个教师节向参与全州中考、小考的89名优秀教师、

199名成绩优异学生奖励150.9万元；对6名在2022年一线教龄满30年退休教师进行奖励；给支教重教家长颁发证书；向全县1467名教育工作者发放奖励慰问73.35万元。2024年，举办庆祝第40个教师节暨2024年教学质量奖励大会，向全县优秀校（园）长、优秀教师、优秀学生，一线教龄满30年退休教师，以及全县1968名教育工作者发放500余万元奖励慰问金。

同时，德格县还全力贯彻落实助学贷款政策，仅2023年，为328名学生办理了生源地信用助学贷款，共计贷出320.47万元。为211名学生发放春季生活补助5.75万元，其中义务教育阶段非寄宿制学生152人，补助金额3.8万元；中职、技工学生59人，补助金额2.95万元。积极开展社会爱心助学活动，全县各学校收到300余万元爱心捐赠，惠及学生5000余人。

今年，在柯洛洞乡独木岭村小学、中扎科镇雄拖小学、亚丁乡中心小学、打滚镇芒布村小学、俄南乡中心小学、岳巴乡阿木拉教学点等8所小学，举行了一场特别的仪式，"希望工程1+1——幻方助学计划"助学金发放仪式，此次"幻方计划"项目共资助德格县65名一年级女生，资助金额共计65000元（每人1000元），以便能为她们提供学习生活补助，帮助她们更好地完成学业，切实助力青少年的成长，除了"幻方计划"，德格县还有"金秋助学·圆梦行动""雨露计划""阿咪妈啰"慈善助学金等。

此外，德格县还创新教育改革，推动"校联体"托管帮扶新模式落地，并加大控辍保学力度，全面落实"七长"责任制，建立控辍保学分析研判机制，下发《德格县关于进一步严明学生请、销假的规定（试行）》的通知，联合多部门推进控辍保学工作，形成多个工作专班多轮开展一线督导检查，将全县户籍、学籍、实际在校人数进行比对，及时掌握适龄儿童少年入学、流入流出、未到校、流失等情况，落实相关部门责任，确保辍学学生立即返校，适龄儿童入学率100%。

过去的德格县存在学校点多、面广、战线长、效益差等问题，为此，德格县对校点布局进行了大刀阔斧的优化，新建、改扩建学校若干。

围绕义务教育学校标准化建设，积极组织实施农村义务教育薄弱学校改善、城镇义务教育资源扩充等重大教育工程，合理分配教育资源，缩小城乡教育差距。自2022年以来共计投入资金3.451772亿元，新建、改扩建农村公办寄宿制小学21所。其中，投资1.8184亿元，新建德格中学新校区，新增校舍面积34 939平方米，新增教育学位2000个。同时，制定保障外来人员子女入学方案、"三残儿童"入学方案，确保外来人员子女平等享受各项政策，"三残儿童"帮扶率达到100%，外来人员子女与"三残儿童"的入学问题也得到了妥善解决，他们与本地孩子一样，享受着平等的教育资源与政策关怀。

过去，对于居住在德格县偏远乡镇的农牧民子女而言，求学之路尤为艰辛。每天清晨5点左右，大多数人还沉浸在梦乡，他们便告别了温暖的被窝，踏上了漫长且崎岖的上学路。直到夕阳西下，天边最后一抹晚霞也悄然隐去，他们才回到家里。他们的艰难求学路，就是人们说的"帐篷小学"和"马背小学"。

为了孩子们的求学路畅通，德格县集中资金和师资力量开办寄宿制学校。随着龚垭寄宿制学校的建成，一座座红白相间的校舍让孩子们满心欢喜。这所六年制半寄宿制小学，承载着无数农牧民家庭的期望，所采用的藏汉双语教学模式，有效确保了每位学生都能安心读书。值得一提的是，这所学校不仅解决了孩子们上学的难题，更激发了农牧民群众送子女入学的积极性。

解决了上学难的问题只是一个开始，各种支持将不断推进。

德格县建立了县级包乡单位帮扶校（园）机制，确保每年为各校（园）落实3～5件实事，从细微处着手，切实解决学校师生在学习、生活中遇到的实际困难。这一系列举措的实施，不仅让广大农牧民孩子实现了"有学上"的基本愿望，更让他们享受到了"上好学"的优质教育资源，为他们插上了梦想的翅膀，可以飞向更加广阔的天地。

说起上学的路程，扎西顿珠深有感触，随草居住的家里，他的哥哥每天清晨5点就要起来上学，一天的大部分时间就用来赶路了。

"冬天，脸上都会长冻疮。"

轮到扎西顿珠自己上学时，他已经不用赶路了，因为有了全寄宿制学校，吃住全在学校里，现在的他交到了很多朋友，在学校老师的指导下，他学会了自己洗漱、整理衣物、打扫卫生，不仅培养生活自理能力，还有更多的时间认真读书。

为缩小城乡教育差距，用优质教育资源振兴乡村教育，德格县在保证教学质量上积极寻求教育提质突破口，持续做好送教下乡和"校对校"结对服务，通过搭建学校交流平台，实现优质资源共享。联合成都高新区（简阳市）、浙江富阳区、天府新区学校开展"送教下乡"活动、专题讲座活动、示范课等，资金帮扶达162万余元，帮扶地区优质教育资源惠及师生7800余人次。

借助成都高新区支教团队力量，对城关第二完全小学"教务托管"带动和促进教育教学水平提升，实行"德格优质人才培养"计划。选送了3名初中毕业生到成都高新实验高中学校就读。

党的二十大报告强调，"加快义务教育优质均衡发展和城乡一体化，优化区域教育资源配置"，新时代义务教育就是缩小教育的城乡、区域、校际、群体差距，努力让每个孩子享有公平而有质量的教育，更好满足群众对"上好学"的需要。

在德格县的中扎科中心小学，一股现代化与艺术教育并重的春风正悄然吹拂，让这所位于偏远乡村的学校焕发出前所未有的光彩。这里，不再是传统意义上的"农村学校"，而是一个融合了高科技与艺术氛围的现代化教育殿堂，证明了乡村教育同样能够与城市学校并驾齐驱，甚至在某些方面展现出独特的魅力。

步入中扎科中心小学，映入眼帘的是一排排崭新的教学楼，它们不仅外观现代，内部设施更是紧跟时代步伐。教室里，传统的黑板旁已悄然矗立起一块块电子白板，这些高科技教学工具不仅让知识的呈现更加生动直观，还极大地激发了学生的学习兴趣和创造力。老师们熟练地运用这些设备，让学习变得更加高效和有趣。与硬件设施的现代化同步进行的，是教师队伍思想观念的深刻变革。随着义务教育均衡发展的深入推进，越来越多的年轻教师、对口支援老师带来了先进的教学理念和方法，让整个校园弥漫着浓厚的学术氛围和积极向上的精神风貌。

而在德格县的另一隅，艺术教育正在璀璨绽放，竹庆镇协庆村小学的艺术教室正成为孩子们心中的一片绿洲。

这间精心打造的教室，拥有电钢琴、电子琴、木吉他以及画板、画架、绘画用具等音乐、美术器材。在这里，孩子们可以接触到绘画、音乐、舞蹈等多种艺术形式，通过亲身实践感受艺术的魅力、培养审美情趣和人文素养，打开了一扇通往艺术世界的大门。这不仅弥补了边远地区乡村中小学在艺术教育、美育方面的不足，更让孩子们在全面健康成长的道路上迈出了坚实的一步。

在这一系列举措的推动下，德格县的教育事业正以前所未有的速度向前发展。学校设施更加完善、教师队伍更加壮大、教学质量更加优良、教育公平更加彰显……这一切的一切，都为乡村的全面振兴奠定了坚实的基础。

三、大健康

当教育事业助力基层治理时，医疗事业也在积极探索创新服务模式，深度优化资源配置，以精准对接基层民众的健康需求，为乡村振兴筑牢健康之基。这些年里，德格县始终把保障人民健康放在优先发展的战略位置，大力实施"健康德格"行动和"卫生健康保障工程"。

现在的德格县有县级医疗机构4家，其中"二级甲等"医疗机构2家（县人民医院、县藏医院）、"二级乙等"医疗机构2家（县疾控中心、县妇计中心）。建有高压氧舱2个、血透中心1个、乡（镇）卫生院23家，村卫生室150个。全县27个公立医疗机构编制总计424个，在编人数380人，其中护理专业87人、藏医专业100人、西医临床专业151人、西医专业技术类36人、会计专业2人、工勤岗其他专业4人。

在医疗服务体系建设方面，德格县于2022年启动临床重点专科"卓越、精品、支撑、培育"工程，投入1009.9919万元建成县人民医院血液透析中心、妇产科、儿科州级重点专科，同时投入150万元的重症医学科正在积极筹备申报州级重点专科，完成急诊科县级重点专科建设，与四川华西医院建立急诊重症医学科e-ICU"绿色通道"。

建立居民健康档案80 537份，建档率91.52%，组建家庭医生签约服务团队45个，重点人群签约率100%。开展"四病同防"综合防治攻坚行动。

乡村医疗卫生机构承担着农民群众的基本医疗和基本公共卫生服务任务，德格县以建设基层为重点，推进县域优质医疗卫生资源扩容均衡布局，推动重心下移、资源下沉，健全适应乡村特点、优质高效的乡村医疗卫生体系。

近年来，德格县累计投入6400万元，县医院第二医疗区建成投运，惠及雀儿山以东5万余名群众，建强中心卫生院、一般乡镇卫生院、村卫生室。建设乡镇卫生院中藏医馆，提高基层中藏医药服务水平。

占玛泽仁是德格县上燃姑乡的普通乡村医生，以其长达40余年的无私奉献，成为当地人心中的"守护神"。在这漫长的岁月里，有20年的光阴，医疗站里只有他孤独而坚定的身影，默默守护着这片土地上的健康与安宁。据统计，他累计救治的患者数量已接近惊人的95.2万人次、亲手迎接了80多个新生命的到来，每一个数字背后都是他对生命的尊重与热爱。

占玛泽仁本是一位以放牛为生的朴实牧民，然而命运的转折点发生在1975年。那一年，上燃姑乡积极响应国家号召，成立了合作医疗站，而他被县卫生局和乡干部推荐去学习医疗知识。从此，他的生活轨迹发生了翻天覆地的变化。在德格八邦藏医院接受了为期45天的紧张培训后，年仅21岁的占玛泽仁带着满腔热情与责任回到了家乡，成为医疗站里唯一的"赤脚医生"。

在那个年代,"赤脚医生"不仅是医疗技术的传承者,更是乡村健康事业的开拓者。上燃姑乡是德格县最偏远的乡镇,平均海拔高达3620米,交通不便、环境闭塞。这样的艰苦条件,更加凸显了占玛泽仁医生的伟大与不易。他不仅要面对恶劣的自然环境,还要克服医疗资源的极度匮乏。

为了能够让乡亲们得到更好的治疗,他坚持自己采集或自费购买药材原材料制作藏药,以低廉的价格提供给病人。这种无私奉献的精神,赢得了当地群众的深深敬爱。据统计,占玛泽仁个人储备藏药原材料近1.9万千克,估值300万元。

对占玛泽仁而言,乡卫生院就是他的第二个家,在这个家里,他用一生的时间治病救人。占玛泽仁的医术与医德如同磁铁一般吸引着别人,白玉、炉霍、石渠等地的人慕名前来当学徒。如今,他已收了10余名徒弟,其中有2名徒弟已经能够独当一面,为患者看诊开方了,成为乡村医疗事业的新生力量。于是,中国最美乡村医生、第七届四川省道德模范等荣誉不仅成了对占玛泽仁个人的肯定,也成了像他一样默默奉献在乡村医疗事业前线的医务工作者的赞誉。

在时光流逝中,上燃姑乡也迎来了翻天覆地的变化。曾经简陋的医疗站已经升级为设施完备的卫生院,配备了先进的医疗设备和专业的医疗团队。目睹了乡村医疗条件的不断改善和医疗服务的不断提升,占玛泽仁心中充满了欣慰与自豪。同时,他也深知自己肩上的责任重大,便继续用行动诠释着"医者仁心"的深刻内涵。

党的二十大报告提出,"实施更加积极、更加开放、更加有效的人才政策"。在加强医疗队伍建设上,德格县持续推进高层次人才引进工作,在充分发掘并高效利用本地医疗资源的基础上,进一步深化"传帮带"工作机制,创新性地实施了医疗人才"组团式"帮扶战略,强化人才培养的协作机制,开展执业（助理）医师考前培训,促使取得资格证医师人数的增加,确保了人才培养的精准落地与持续深化。

为充分发挥藏医药专家资源优势,德格县加快本土学科带头人培养速度,加大对医务人员培训力度,逐步建立起一支高素质的优秀医疗人才队伍,通过实施"多元化"培训体系,精心策划并实施了"师带徒"计划,其中涵盖了夜校授课15次、手术实操演练11次、利用5G技术开展远程培训5次,以及针对医师资格考试的考前培训2次和医疗相关法律制度的专题培训4次。此外,还坚持每周固定时间进行专业授课30余次,累计发展了27名青年医师成为徒弟,跟随资深医师深入学习。

自2018年实施医务人员正向激励机制以来,近五年间,德格县人民医院共有88余名医护人员成功通过执业资质考试,标志着我县医疗机构在"自我造血"能力上的重大突破,实现了医疗人才队伍的根本性转变与提升。

为了保障帮扶医疗人才的稳定与积极性,德格县还积极协调各方资源,通过多渠道、多方式向帮扶医院的组织人事部门推荐优秀人才，确保他们在原单位的工资待遇、职称晋升、外出进修及评优选先等方面得到应有的支持与认可。这一正向激励机制极大地激发了干部人才的工作热情与创造力。

从成功实施了白内障"亮眼"工程3次，惠及67名患者重见光明，到推进了骨关节病"站起来"工程2次，完成了17例关节置换手术，并完成胆囊疾病集中手术月、肛周疾病手术周等专项活动，累计诊治患者40余例等，为德格群众的健康福祉筑起了坚实防线。

在国家卫健委、农业农村部、中国计划生育协会联合发布的《关于服务乡村振兴促进家庭健康行动的实施意见》里要求"深入开展家庭健康促进行动，全面服务乡村振兴"。

目前，德格县有一个县妇幼保健和计划生育服务中心，在远离县城的偏远牧区里，妇幼保健工作任务重，在推进妇幼保健计划生育服务中心项目建设和惠民工程上，德格县大力推进母婴安全保障、计划生育服务工作、加强妇幼保健服务队伍建设，按照"不漏一户一人"和"分类管理"原则，对高龄产妇、新生婴儿、传染病患者等人员开展分类跟踪服务，强化"一对一""一对N"日常服务工作，同时持续做好"两癌"宣传和排查工作，在全州率先推行"婚姻登记、婚检、孕优"一站式联办服务，完成妇计中心"二乙"复审工作。仅2023年，就完成了宫颈癌筛查1419人、乳腺癌筛查1491人。

"感恩党和政府的好政策，我一定会战胜病魔。"在德格开展的中国妇女发展基金会英伟达（NVIDIA）的"低收入妇女两癌救助"资金发放活动上，受救助的妇女感动地说，此次活动为德格县2名"两癌"患病妇女每人发放1万元专项救助金。

作为甘孜州首批试点县，德格县成功落地了"顶梁柱"健康公益保险项目，该项目以超百万元的资金投入，为全县超过20000名低收入人群织就了一张医疗保障网。通过为这部分人群投保，并对医保之外的医疗费用进行二次报销，极大地减轻了他们的就医负担，基本实现了看病就医零自费的目标，有效阻断了因病致贫、因病返贫的恶性循环，为巩固脱贫攻坚成果、助力乡村振兴贡献了重要力量。

面对高原地区急救体系存在的交通不便、力量薄弱、人才匮乏等挑战，德格县政府展现出了高度的责任感与前瞻性，积极推动县域急救平台的建设。围绕县域内的重点旅游环线、旅游集镇及景点，构建起了一个以"急救平台+医疗救援中心+医疗共同体"为核心的高效应急医疗救护体系，不仅为应对突发医疗事件提供了强有力的支撑，更为旅游急救服务奠定了坚实的基础。

而在如何提高医疗服务方面，"医保"成为重要的一环，德格县全力推进医保政务服务的"一网通办"，确保每一位前来办事的群众都能享受到"最多跑一次"的服务，参保关系转移等38项权限均可经网上申请办理；下放城乡居民参保登记等18项经办权限至基层，方便群众就近办理；全面取消除外伤的其他病种在省内异地就医备案程序；医保智能化应用在生活中全面铺开，全县的34家定点医药机构都已经配齐了"刷脸"结算设备，并全面开通了医保"刷脸"结算功能，通过借助国家医保局认证的医保智能终端应用和医保码这一媒介，参保人员只需通过人脸识别技术，就能轻松完成各类医保费用的即时结算。现在，无论是看病还是买药，大家都无须再携带烦琐的实体卡或智能手机，只需简单地对着医保智能终端设备"刷脸"，就能迅速完成医保待遇的报销。这一变化不仅将医保结算的时间从原来的3~5分钟缩短到了1分钟内，更高效解决了广大参保群众，特别是老年群众在使用智能手机时无法找到电子医保码的困扰。

德格县还发挥南派藏医药作用守护大家的健康。在深入推动南派藏医药惠民工程的进程中，德格县充分挖掘并发挥其中藏医药资源的独特优势，致力于将"德格生产"打造成为享誉四方的品牌标识。通过抓好品牌化、标准化，深化与成都中医大学、四川锦弘集团合作，加快产业规划、产品研发、数字化建设和名方研究保护等事项落地，力争申报"健字号""食字号"有成效、申报"准字号"有进展，实现中藏医药入驻名医馆、国医馆。

这不仅聚焦于提升医疗服务质量，更旨在构建一个集药品生产、临床医疗、文化传承展览、学术研究及人才培养于一体的综合性藏医研究院，全方位展现德格藏医药的深厚底蕴与现代活力。

中藏医药作为中华民族瑰宝的重要分支，南派藏医药在德格县得到了前所未有的重视与发展。在传承创新发展中藏医药事业上，北边，佐钦藏医师承培训学校巍然矗立，承载着传承与创新的使命；西边，南派藏医药人才培养培训学校以其独特的魅力，吸引着无数对藏医药怀有热忱之心的学子；南边，宗萨藏医药师承学院更是以其深厚的学术底蕴和前瞻的教育理念，引领着中藏医药教育的新风尚。

在新时代的浪潮中，德格县以高度的责任感和使命感，坚持"传承不守旧，创新不忘本"的原则，不仅致力于守护好这份宝贵的文化遗产，更通过人才振兴的战略，推动中藏医药文化的广泛传播与产业的蓬勃发展。

从昔日的人才短缺，到如今的中藏医药人才济济，这背后既凝聚了全县知名老藏医们的无私奉献与智慧传承，也离不开政府部门的坚定支持与有力推动。为了打破传统人才培养模式的局限，德格县积极探索，深入贯彻落实《甘孜州加快中藏医药产业发展十三条措施》精神，依托成都中医药大学等优质教育资源，通过成人高考、定向培养等方式，力争培养出一批批以藏医、制药、药材种植、经营管理为重点的南派藏医药乡村人才和中高端人才，还成立了三所中藏医药培训学校，成为唯一同时孕育三所中藏医药培训职业学校的县域。它们各具特色，又相互补充，共同构建了一个全面、系统、高效的中藏医药人才培养体系，特别是南派藏医药人才培养培训学校，其首创的"2+2"联合办班模式，实现了理论与实践的深度融合，为培养既懂理论又精实践的复合型人才开辟了新途径。

宗萨藏医药师承学院则以其独特的现代学徒制和校企合作模式，为中藏医药教育的未来发展提供了宝贵的经验与示范。为此，德格县积极引入"传统工艺+现代生产"的创新模式，于宗萨藏医院内建成了占地1万平方米的标准化制剂室与中药饮片生产车间。这些车间内，德国进口的干洗式洗药机、超微粉碎机等尖端设备一应俱全，确保了药材处理的精准高效与产品质量的卓越稳定，同时还斥资超过2300万元，精心打造了麦宿中藏药材产业园区，种植规模已扩大至3000亩，同时沿金沙江流域的乡镇也发展了同等规模的中藏药材种植基地，为藏医药产业提供了坚实的原料保障。

如何让人才愿意来、愿意留是德格县一直思考的问题。在《德格县卫生健康事业高质量发展实施意见》及《德格县医疗机构人员正向激励机制》里提出了要全方位提高医务人员薪资待遇、落实艰苦地区专业技术人员退休奖励金，而在人才激励上，德格县还不断完善人才评价激励机制，优化职称评价标准，通过实施"康巴名医"项目等举措，激励更多优秀人才投身于中藏医药事业。同时，加大培训力度、拓宽培训渠道，不仅提升了本地藏医药人员的专业技能和服务水平，还通过对外交流与合作，为全国多地输送了大量高素质的中藏医药人才。

为进一步提升医疗服务水平与科研创新能力，德格县藏医院，作为国家级非物质文化遗产"南派藏医药"的发祥地之一，在藏医药文献典籍的挖掘抢救、民间验方的归纳整理、临床医疗的辨证施治、后继人才的教育培育等领域齐头并进，推动藏医药事业全方位发展。在此基础上，德格县依托藏医院投入5332万元，对制剂室进行了全面升级改造，并成功建设了标准化的第二制剂室。截至目前，该医院已获准生产149种制剂，预计随着第二制剂室的启用，年生产能力将突破100吨大关。同时，还专项拨款100万元，专项用于产品研发及新药研发制作设备的改造升级，为藏医药的现代化发展注入强劲动力。

在深化政企院校合作方面，德格县不断拓展产业链条，目前全县已拥有制剂批号357种，年制剂产量高达143吨，占据全州市场的七成以上份额。此外，还成功研发出5种大健康产品，正积极申请制剂备案号，以期满足更广泛的市场需求。为进一步扩大南派藏医药的知名度和品牌效应，德格县积极探索"展、销、研、学"四位一体的发展模式，并已在理塘、甘孜两地成功开设南派藏医药旗舰店，累计投入375万元，实现了63万元的营业收入。目前，康定、泸定等地的旗舰店开设工作也正在紧锣密鼓地推进中，旨在通过多渠道、多形式的展示与销售，让南派藏医药的独特魅力惠及更多人群，为传承与发展藏医药文化贡献力量。

在教育事业和医疗事业奋勇向前时，对口支援是一项必定要提的工作。它将丰富与匮乏紧紧相连，促进了区域间的均衡发展，为提升德格医疗水平发挥了不可替代的作用。

其中，浙江富阳、成都高新区与德格县开展深度合作，德格县充分借助浙江富阳、高新区等多方力量，重点遴选学科带头人和业务骨干进行再培训、再培养、再提升，打造一批医学领军人才学科（专科）牵头人才和骨干队伍，尤其是在本土医疗人才上，大力培养，实现从"输血"到"造血"的根本转变，打造一支"带不走"的医疗卫生队伍。而"高原阿妈"关心关爱女性专项行动揭开了德格医疗事业的新篇章。

在医疗器械方面，成都高新区则投入资金购置急需医疗设备，提升当地医院诊疗和应急救治水平，并派遣医疗团队进行技术指导和培训，提高当地医疗服务能力。

CHAPTER 6 第六章

尾 声

第一节　全球视野与本土实践

在全球化气息日益浓烈的今天，德格县的乡村振兴之路犹如逆水行舟，不进则退。要想走得更好、更远，就必须拥抱更广阔的舞台，以广阔辽远的视野、破釜沉舟的勇气、持之以恒的决心去拼搏和开创。

放眼望去，四川省、全国乃至国际，诸多的案例都可以成为德格县乡村振兴学习的范本。四川省内，那些凭独特模式实现华丽转身的乡村，它们打造知名品牌、巧妙融合资源、精心整合渠道，为德格县带来了丰富的经验。在全国，从东部沿海的科技创新驱动，到中部地区的农业产业化发展，再到西部地区的生态保护与经济协同共进，每一个成功的案例都为德格县提供了可以汲取的营养。放眼国际，那些在乡村规划、生态治理、产业融合等方面的先进经验，让德格县看到了更多的可能性。

2023年12月19日至20日，中央农村工作会议在北京召开。习近平总书记在对"三农"工作作出重要指示，特别强调学习运用"千万工程"经验，因地制宜、分类施策、循序渐进、久久为功，集中力量抓好办成一批群众可感可及的实事。"千万工程"是习近平总书记在浙江工作时亲自谋划、推动的乡村整治工程，也是他始终关心、牵挂的生态富民工程。浙江省自2003年全面推进"千万工程"以来，造就了万千美丽乡村。从美丽生态到美丽经济、美好生活，一些乡村走过清晰的"三美融合"脉络，成为率先振兴的"全面小康建设示范村"。因为成绩突出，这项工程被联合国授予"地球卫士奖"中的"激励与行动奖"。

如此成绩斐然的"千万工程"，恰是值得德格县深入研究和学习的典范。

2023年5月26日，农业农村部办公厅发布了《关于深入学习浙江"千万工程"经验的通知》，要求各地深入贯彻落实习近平总书记关于浙江"千村示范、万村整治"的重要指示批示精神，进一步学深学透、用好用活"千万工程"经验。之后，德格县积极响应并开展了相关学习。

在这样的背景之下，将目光移向来时路，我们可以发现，德格的乡村振兴与浙江的"千万工程"就有着某些方面的契合，但是这些契合还有些瑕疵。我们暂且将其归纳为六个部分。

第一部分是规划引领方面。浙江"千万工程"制定了全面、系统、长远的乡村发展规划，注重乡村特色定位。德格县虽对部分乡村进行了规划，明确了发展方向，但规划的系统性和长远性还有待进一步加强。例如，部分乡村在规划中对未来人口变化和产业升级的考虑不够充分。当下，麦宿镇、独木岭牧俗文化体验园、康巴文化博览园等都是德格乡村振兴发展的"试验田"，并且它们已经生长出了"庄稼"，若能进一步学习"千万工程"经验,这些"庄稼"的收成是否会更好?

第二部分是环境整治方面。浙江"千万工程"通过推进农村垃圾处理、污水治理、厕所改造等,显著改善了农村环境,有效完成了生态保护和修复。德格县在垃圾处理方面取得了一定成效,部分乡村设立了固定的垃圾收集点,但垃圾清运和分类处理还需优化;污水治理工作虽已启动,但覆盖范围有限;厕所改造虽有成效,但整体普及率仍有待提高;森林资源监管虽被加强,但对草原和河流的生态修复工作仍需加大力度。

第三部分是产业发展方面。浙江"千万工程"培育特色产业,推动产业融合发展,形成了众多有竞争力的特色产业。德格县已经发展了一些特色产业,但资源配置不够优化、品牌建设与推广力度不足、产业融合不够多样化、市场拓展相对狭窄、创新升级有限等问题依然存在。如果我们渐进式消灭这些问题,中藏医药产业、民族手工艺产业、牦牛养殖产业、生态旅游产业、特色农产品等定会带来惊喜。

第四部分是人才培养方面。浙江"千万工程"吸引和培养人才的政策完善,培养了大批新型农民。德格县出台了吸引人才的政策,吸引了部分外出务工人员返乡,但人才总量不足、人才结构失衡、培养方式单一等问题依然存在。直面这些问题,填补关键领域的人才空缺、持续稳定人才队伍、丰富优化培育方式等措施是可行更可倚重的。

第五部分是资金投入方面。浙江"千万工程"多元化的资金筹集渠道，高强度的资金使用率堪称一绝。德格县加大了对乡村建设的财政投入力度，也吸引了一些社会资本，但资金总量相对不足；在资金使用上建立了监督机制。我们应该明白，这些情况关乎乡村发展的进程和质量，应以更加客观务实的态度，着眼于解决当下的问题，为未来的可持续发展奠定坚实基础。

第六部分是组织保障方面。浙江"千万工程"建立了强有力的组织领导机制，发挥了基层党组织的战斗堡垒作用。德格县成立了相关工作领导小组，但部门之间的协调配合还不够顺畅；基层党组织在部分乡村中发挥了重要作用，但整体组织力和领导力还需提升。道虽有阻，但德格应当有一抓到底的决心，积极寻求改进的方法和途径，勇于尝试新的组织模式和协调机制，共同为优化组织保障出谋划策，形成群策群力的良好氛围。

统而观之，德格县于诸般领域已获一定成效，与浙江"千万工程"经验有了契合之端，然而其间还存在差距，未来仍需致力改进。

进一步拓宽视野以探究德格乡村振兴的未来，国际案例同样存在可取之处。分析美国 Fresno 农业旅游区、韩国新村运动、荷兰农地整理、德国"城乡等值化"等案例，把握重点人群需求、游线和节庆的合理部署、实现政府引导与群众主体的融合，以及构建多主体协同运作机制等显著优势，均是德格县乡村振兴值得学习并加以推广的重要经验。

不能否认，各种各样的经验会让德格乡村振兴收获全新的行动指南。然而，对于这些已有或将有的收获，当地人究竟如何看待呢？或许只有走进他们的世界，倾听他们的心声，才能洞悉收获的真谛。

2024年伊始，德格宗萨噶勉唐卡传习基地董事长足麦郎卡就格外忙碌。足麦郎卡是德格县麦宿镇折东村人，也是甘孜州级非物质文化遗产传承人，从7岁开始跟在父亲身边学习，练就了独到的唐卡绘制技艺。为了做好唐卡绘画的文化传承，深入研究唐卡的历史、技艺和背后的文化意义成了他这一年的工作重心。

"我开设了唐卡绘画培训班，希望能培养更多对唐卡感兴趣、有天赋的年轻人，同时我也在努力创作新的唐卡作品。随着对乡村振兴的了解加深，我深深感受到文化振兴的重要性。"他认为唐卡绘画代表着德格人民的精神追求，希望通过传承和发展唐卡绘画，能促进乡村经济的发展和繁荣，并激发村民们的文化自信和自豪感，让他们更加热爱自己的家园和传统文化。

为了尽早圆梦，足麦郎卡还将学习国内外关于文化遗产保护和传承的先进理念和经验作为提升自身专业素养的关键策略。"必须学习他们如何进行文化创新和市场推广！"足麦郎卡计划去国内外一些知名的艺术院校和博物馆参观学习，并组织一些唐卡绘画的展览和交流活动。他相信，只有拓宽视野和思路，传承和发展好唐卡绘画，才能为乡村振兴做更多的事。

四郎拥金，一个出生在德格县麦宿镇，甘孜州首个19岁就举办个人书法展的"00后"女孩，很多人口中的"藏文书法女性代表"。对于这一称呼，四郎拥金认为所处的时代和自己对藏文书法的热爱给予了自己与大众见面的机会，"女性代表"是一份荣誉，更是一份责任，未来要走的路还很长，面对的困难也会很多，但无论怎样，都会勇敢走下去。

早在毕业前，四郎拥金就获得了德格县非物质文化遗产德格书法代表性传承艺人、第五届全国书法美术大赛佳作奖等一众荣誉。毕业后，为了更好地支持家乡传统文化发展，她毅然放弃在外面的工作，回到了家乡。

"回来后我一直忙着修工坊，外面的世界纵然精彩，但家乡的手工艺文化更让我牵挂。"四郎拥金说，让传统文化在现代社会中传承并发扬很重要，为了开阔乡村振兴视野，自己必须深入钻研学习，借鉴各类先进经验，找寻符合家乡实际的路径，吸引更多人关注和参与乡村振兴。

对于集温泉度假、乡村旅游、文化体验于一体的药泉小镇，负责人元登牛麦认为，应该以全国文旅康养特色小镇的发展现状为研究样本，结合相关药泉康养项目经验，打造宜居、宜业、宜游、宜养的有生活、有文化、有旅游、有灵魂的文旅康养特色小镇。

"无论是寻求身心放松的游客，还是对神秘文化充满好奇的探险者，都能在这里找到属于自己的乐趣。"元登牛麦感言，当下国内文旅康养市场规模不断扩大，中国文旅地产市场发展进入新一轮的高峰，文旅康养融合产品备受追捧。文旅康养小镇的整体打造是一个复合型的、系统性的工作，涵盖养老、大健康、旅游、文化、商业、地产、休闲、餐饮、酒店等行业，涉及旅游产品、旅游线路、旅游活动，包括美食、酒店、民俗、活动等丰富内容。希望能借鉴相应的优秀经验，打造一条带有旅游色彩的闭合产业链，来支撑药泉康养小镇的可持续发展。

立足于此，元登牛麦打算利用各类文化宣传，提升药泉康养小镇的文化品质，如拍摄文化旅游宣传片，吸引游客了解和认识药泉小镇文化特色和历史底蕴；拍摄文化宣传专题片，全面展示文旅康养小镇文化特色和底蕴；建立官方自媒体，立体式推广药泉康养小镇文化等。

连日来，德格县俄支乡人民政府的桑丹一直忙于夯基强本工作。为进一步夯实巩固拓展脱贫攻坚成果同乡村振兴有效衔接的工作基础，他积极投身"三房治理"工作，力争为乡村基层治理"加码"。从事基层工作十余年，桑丹对乡村有着深厚的羁绊，在此期间，他担任俄支乡热水塘村第一书记，也曾获得四川省优秀驻村第一书记荣誉。经过与乡村振兴工作的无数次"交道"，他发现乡村振兴就是推动农业现代化，升级农村农业基础，拓展农村农业，提高农村居民生活品质，实现产业的稳步发展、乡村的美美与共和生活的欣欣向荣。

基于这些年的工作经历，桑丹觉得有必要拓宽视野，学习先进经验。为此，他认为济宁的传承"孝善"美德，激发群众乡风重塑参与活力，营造崇德向善的文化氛围；临沂沂水的"四雁"

人才同心共绘农业强、农村美、农民富秀美画卷；德州齐河的优化人才结构，加强基层农技推广队伍，建设乡村技术骨干等经验都值得俄支乡学习。

这些成功的经验让桑丹深受启发，也让他更加明确了努力的方向。下一步工作中，他打算将上级政策落到实处，紧紧围绕产业兴旺、生态宜居、乡风文明、治理有效、生活富裕的总体思想，提升农业发展质量，推动乡村绿色发展，繁荣兴盛农村文化，夯实农村基层基础，提高农村民生保障水平，深化农村各项改革，进一步拓展巩固脱贫攻坚成果，加快推进乡村全面振兴。

首先，这些探索能够带来新的发展思路和创新模式。尽管是小县城，但通过了解其他国家和地区的成功经验，也可以借鉴其在农业生产、农村产业发展、乡村治理等方面的先进理念和方法，避免走弯路，探索出适合本地区的独特发展路径。其次，这些视野有助于拓展市场和资源渠道，能够帮助小县城更好地定位本地的特色农产品、手工艺品等，将其推向更广阔的国际市场，吸引外部投资和资源，促进产业升级和优化。再次，这些视野有利于人才培养和引进，并促进文化交流与传承，通过与世界其他地区的交流，小县城可以更好地挖掘和保护本地独特的民族文化、民俗风情，将其与现代元素相结合，打造具有特色的乡村文化品牌，推动文化旅游产业的发展。最后，这些视野有助于提升竞争力和可持续发展能力。在全球乡村发展的大格局中找准自身定位，加强与外界的合作与竞争，不断完善自身的发展策略和机制，实现经济、社会和环境的协调发展，确保乡村振兴的成果具有长期稳定性和可持续性。

第二节 耕耘在希望的田野上

德格这片土地，承载着祖祖辈辈的期盼，也孕育着子孙后代的梦想。乡村振兴是饱含艰辛与希望的长途跋涉，但这正如种子在土壤中等待春天，我们每一滴汗水的洒落，都是对未来的深情浇灌。展望明天，"耕耘在希望的田野上"不禁回荡在脑海。在耕耘中坚守希望，那希望，是坚定且蓬勃的，是让乡村振兴的梦想照进现实的神奇魔法。

"农村、农业、农民问题是关系国计民生的根本性问题，实施乡村振兴战略的总要求，要努力做到产业兴旺、生态宜居、乡风文明、治理有效、生活富裕！"德格县农牧农村和科技局局长生龙翁须说，产业振兴作为乡村振兴的重要一环，是带动群众增收的一项重要手段，自脱贫攻坚到巩固衔接期以来，德格县产业从小、弱到逐步变大、变强，产业的发展既为农牧民群众带来了技术、就业的机会，又带来了收益。

而对于未来德格县产业振兴的发展方向，生龙翁须也有着一定的规划，即结合德格县实际，以地域优势发展民族特色产业，如依托牦牛进行产业集群建设、牦牛乳制品加工、饲草基地建设、高原粮仓建设、产业强镇建设、打造精品村等项目，加大对特色农牧业发展的支持力度，通过实施生产、金融、信贷、税收、保险等支持政策，引导和促进特色农牧业做强做精，逐步实现德格县产业高质量可持续发展。

翘首以盼未来发展的征程，德格县文化广播电视和旅游局局长扎西三郎表示要致力于实现文旅的深度融合。他希望，未来能以明确清晰的产业思路奠定坚实基础，坚定不移地突出独特定位，全方位丰富旅游业态，凭借优势资源探寻发展新路，以更广阔的视角看待德格的发展。同时，大力加强以文化旅游为主导的产业培育，加大开发的力度与深度，精心培育自身产业要素，深度挖掘资源品牌的丰富内涵，积极开展招商引资工作，全力促进产业蓬勃发展，为农牧民开辟更为广阔的增收致富平台。他更希望大力提升文旅业态，高效完成景区景点人工影响痕迹的生态恢复工作，着重优化景区周边的生态及恢复徒步栈道，精心做好铁架栈道的绿化处理，切实推动"生态+旅游市场"，实现和谐、可持续的发展，让德格的文旅产业与生态环境相互促进，共同迈向美好的未来。

近年来，德格县通过公开招录、定向招聘、定向培养等多项举措引进人才790余名，依托中央定点帮扶、东西部协作、省直部门定点帮扶、省内先发带后发等帮扶平台，柔性引进帮扶人才124名，立足"十四五"规划需求、"三区带动"农牧产业布局，培育致富带头人2134人，组织1546人参加农村实用人才培训，为乡村振兴奠定了坚实的人才基础。

德格县委常委、组织部长、党校校长彭廷君认为，随着德格经济社会的不断发展，社会各项事业的全面进步，将有更多的致富带头人、返乡创业大学生、退役军人等在内的各类人才会聚到推进乡村振兴的伟大事业中来，各类人才也必将在接续奋斗振兴乡村中展现作为、大展身手。因此，要以更高站位、更宽阔视野、更有效举措，用人才"软实力"助推乡村振兴"强动力"，从而汇聚起推动乡村全面振兴的强大力量。

坚持人与自然和谐共生，走乡村绿色发展之路，让良好生态成为乡村振兴的支撑点至关重要。在德格生态环境局局长舒先均看来，"生态振兴"可以是"绿水青山就是金山银山"，可以是以生态振兴促进产业振兴和文化振兴，也可以是群众的一次"保护动物活动"、一次"河道垃圾清理活动"、一次"草原退化种草活动"等。"乡村振兴"何以体现？"生态振兴"将是"乡村振兴"至关重要的一环。德格地理位置得天独厚，动植物资源丰富，给德格的美书写了"绚烂一页"。但是"现代化"总会和"自然"有不可避免的冲突之处，如何在这两者之间寻找到平衡点是值得我们深思的问题。希望今后能继续在"保护中发展，发展中保护"，努力建设生活环境整洁优美、生态系统稳定健康、人与自然和谐共生的生态宜居美丽德格。

组织振兴在乡村振兴中占据着重要地位，只有推动乡村组织振兴，才能凝聚广大基层党员和群众的思想、行动、力量、智慧，进而形成全面推动乡村振兴的磅礴力量。彭廷君建议，在下一步工作中，德格县要坚持以政治建设为统领，引导农牧区基层党组织和广大党员群众统一思想、统一意志、统一行动，确保乡村振兴始终沿着正确的方向前进；要坚持以组织建设为核心，着力打造一批先进基层党组织、积极创建一批农牧区党建工作示范点、培育一批基层治理典型村、培育一批产业发展示范村，为乡村振兴筑牢坚实的组织基础。

彭廷君还表示，要坚持以队伍建设为支撑，加强基层带头人队伍建设，拓宽农牧区发展党员视野，接续培养乡村振兴"关键力量"；要坚持以服务群众为宗旨，大力实施"党建+"工程，推动农牧区党的建设与群众教育引导、人居环境整治、生态环境保护、移风易俗等深度融合，深入开展"有事找党员+"活动，在办好一件件老百姓操心事、烦心事中提升群众获得感、幸福感、安全感。

身为德格极具代表性的"守艺人"达瓦卓玛，对未来同样怀揣新的期冀和憧憬。首先，她深切地笃信，传统技艺的传承亟待实现可持续发展，期望有更多的年轻力量投身于传承的行列，从而保障传统技艺得以薪火相传、永不磨灭。与此同时，文化创新务必充盈着蓬勃的活力，在坚守传统精粹的根基之上，希望能通过与现代元素的有机融合，创作出契合时代审美与需求的佳作，促使传统文化重焕新生机。其次，她也期待传统技艺能够与当地的旅游产业、文化产业等深度交融，构筑起富有地方独特韵味的产业链条，为当地的经济发展注入强劲而崭新的动力。最后，她渴望能将德格的传统技艺推至国际的大舞台，与全球各地的文化展开交流与互鉴，携手促进人类文明的繁荣昌盛。她还在乡村振兴的过程中由衷地体悟到"越努力越幸运"这一真谛。

浓眉大眼、寸头布衣、皮肤黝黑，一眼看过去就是典型的康巴汉子。他是宗萨藏医院的院长和藏艺通企业的发起人，德格有名的企业家降拥彭措，当地人们也称呼他为"噶布"。

接过父亲传承发扬藏医药的大旗，降拥彭措将宗萨藏医院的发展推向了另一个高度。5000平方米的藏药生产车间向涉藏地区800多家医疗机构提供300多种藏药，将百余种藏药的生产规范化、模式化，达到了世界卫生组织的《药品生产质量管理规范》（GMP）标准，有力地证明了藏医药作为民族医学的实用性等，噶布用一份份实打实的成绩说话。

"我现在给自己的定位是一名企业家。"对于藏医药的发展，噶布早已跳出宗萨藏医院院长的视角，站在全局视角上规划未来。他直言，要紧抓乡村振兴的大好机遇，开拓内地市场，与高等院校多方合作，和专业人士共同开展藏医药的科研工作。为此，噶布也定下了三个目标：一是服务社区百姓，以社区为基点建立社区藏医诊所；二是药品生产的市场化；三是健康产业的全球化。

除了藏医药，噶布还一手创办了藏族手工艺公司，旨在将藏族文化艺术向世界传播。"我自己享受的是将人生无私奉献于社会跟众生。"噶布相信，只要做对的事情、用对的方法，就可以期待好结果的出现,从而促进家乡的发展。

作为德格县年青一代的创业代表,占玛拉措与泽仁郎加夫妻将个人梦想融入国家发展大局,创建了玛拉咖啡厅。夫妇二人自幼离乡求学,久居异地,对家乡的深深眷恋却从未削减。正因如此,两人不约而同在心底萌生出回家创业的想法,期望能将在外所学与家乡特色巧妙融合。为了实现这一梦想,他们深入市场进行调研,经过精心策划,创建了玛拉咖啡厅。走进这家咖啡厅,其装潢将德格传统元素与现代简约风格完美融合,营造出一种古朴又时尚的独特氛围,加上占玛拉措的画作以及泽仁郎加的木雕作品,整个咖啡厅显得独具匠心。

在这里,除了优质的咖啡、美味的西点和特色藏餐,还有德格美物推荐。咖啡厅与众多工坊携手合作,出售着手娜叶老古宅的黑陶咖啡杯、宗萨般竺雅藏香、娜叶编织的牦牛绒杯垫等具有德格特色的文创产品,深受游客和当地居民的喜爱。

"玛拉咖啡,承载着我们对家乡的深情,我们把在外面看到的、学到的东西带回家乡,是希望通过我们,家乡能被更多人看到。"占玛拉措坦言,以玛拉咖啡为起点,夫妇二人将致力于打造出一片文化交流的胜地。为此,二人希望,在未来的乡村振兴中,德格的文化发展能踏上全新的高度。

自1993年7月踏上教育征途,四郎拉措感叹一晃竟已悄然走过三十余载春秋。这些日子里,四郎拉措先后在马尼干戈小学、马尼干戈初级中学任教,将满心关怀与期待倾注在孩子们身上。多年的教育生涯，使四郎拉措深悟到，教育实乃一份良心事业，唯有用心、用情，方能不负孩子们的未来，也才能让自己在每一个夜晚都能安然入眠。

"每个孩子皆如一颗独特的种子，都拥有属于自己的花期，目睹他们一点点的进步，那份满足感难以言表。"如今临近退休，四郎拉措仍觉得自己能成为一名人民教师是无比值得骄傲的。正因为多年的无私奉献，四郎拉措曾获得全国"TCL希望工程烛光奖"提名奖、甘孜州骨干教师等荣誉。

近年来，随着乡村振兴的逐渐深入，四郎拉措看到了乡村教育发生的诸多变化。比如，崭新教学楼取代旧楼，教室宽敞明亮，现代化教学设施齐全，为孩子们创造了良好学习环境。同时，年轻教师带来新教学理念和方法，教师培训机会增多，教学水平提升，多元化课程设置让孩子们得到全面发展，并且教育观念的转变，让家长们更加积极地支持孩子接受教育。

四郎拉措认为，抓好乡村教育要重点关注师资力量建设、教育资源均衡、学生全面发展和家校教育协同。见证了乡村振兴为乡村教育带来的红利，对于未来，四郎拉措希望教育资源得以真正实现城乡均衡，教师队伍不但人数充裕且素质超卓，课程设置既能满足基础学科的教学之需，又能紧密结合乡村的地域特色和文化传统，能为乡村的发展储备实用型人才，教学方式更加灵活且创新，家庭教育和学校教育形成强大的教育合力，为孩子们营造良好的成长氛围。同时，在这些美好愿景实现后，四郎拉措还希望学校不只是传授知识的殿堂，更是培育孩子们健全人格、创新精神和实践能力的摇篮。

曾立下一生要看 100 万个病人的承诺，如今，距离兑现承诺的日子越来越近，激动与期待一同向占玛泽仁袭来。每天，他都以饱满的热情投入工作中，不遗余力地为患者提供帮助和治疗。在患者的一声声道谢中，占玛泽仁的过往又一一浮现在眼前。

从"赤脚医生"到中国最美乡村医生、中国卫生计生系统劳动模范，行医 50 年，占玛泽仁始终坚守在上燃姑乡的医疗一线，用精湛的医术和无私奉献守护着乡亲们的健康。为了让村民享受低价治病，他个人储备藏药原材料近 1.9 万千克，价值 300 万元，最多时一天要接诊近百人次。

"到 2025 年 7 月 25 日乡卫生院成立 50 周年的时候，我要完成看 100 万个病人的承诺，现在离这个目标越来越近了，挺开心的！" 2024 年 8 月初的午后，占玛泽仁重新统计自己的诊疗人数后满脸笑容。

怀着这份即将达成目标的喜悦，占玛泽仁对乡村医疗的未来有了更深的思考。他深知，乡村医疗的发展离不开乡村振兴的护航。他期待着乡村医疗条件能够不断改善、医疗设备能够更加先进，他盼望着未来有更多的年轻医生能够投身乡村医疗事业，并希望随着乡村经济的发展，村民们能够更加重视健康，积极参与健康管理，共同构建一个健康、和谐的乡村环境。

"我相信，在党和国家的政策支持下，在大家的共同努力下，我们村的未来一定会更加美好，乡村振兴的梦想一定能够实现！"雨托村村主任泽批对未来充满了向往。他总结说，水泥路通到家门口、新房子拔地而起、村子干净整洁、收入有保障等都是乡村振兴为村民们带来的好处。他觉得能生活在这样的好时代是一种福气，希望村民们能珍惜当下，心怀感恩，共同维护如今的美好生活。展望未来，泽批也有着自己的小心愿，包括能有更多的年轻人为村子发展注入新力量，能更好地传承保护传统优秀文化，能享受更优质的医疗服务等。

后　记

在岁月的长河中，我们都是追寻者；在时光的阡陌上，我们皆是耕耘人。合上这本书的最后一页，心中涌动的，不仅是对乡村振兴这一伟大征程的感慨，更是对德格这片土地深沉的热爱与敬意。

乡村，是人类文明的摇篮，更是大地母亲温暖的怀抱。它承载着我们的根，孕育着我们的魂。然而，在现代化的浪潮冲击下，乡村曾一度在发展的道路上徘徊，迷茫于时代的十字路口。但希望的火种从未熄灭，梦想的力量始终澎湃。

当乡村振兴的号角响起，一道道曙光穿透阴霾，照亮了1.1439万平方千米的德格。无数人怀着炽热之心，奔赴乡村，用智慧和汗水，谱写了一幕幕动人篇章。德格县的乡村振兴，无疑是民族团结、共同进步的光辉典范。在这片广袤而神奇的土地上，每一份共同奋斗的成果，都彰显着民族团结的强大力量，都在书写着共同进步的壮丽华章。从精准扶贫的精准识别、精准帮扶，到乡村振兴战略的全面规划、精心部署，每一项决策都饱含着党中央、省委、省政府以及州委、州政府对德格人民的深情厚谊，每一个举措都彰显着中国共产党为德格人民谋幸福、为民族谋复兴的初心使命。

在撰写这本书的过程中，我们触摸乡村的脉搏、聆听群众的心声，看到一双双勤劳的手在田野中播撒希望的种子，一张张朴实的笑脸在丰收的喜悦中绽放光芒，一个个奋斗的身影忙碌着为乡村注入新的活力。

乡村振兴是一场伟大的变革。它是对美好生活的执着追求，是对共同富裕的坚定承诺。它不仅是经济的发展，更是文化的传承、生态的保护、社会的和谐，它让乡村重新焕发出勃勃生机，让古老智慧与现代科技交相辉映，让乡愁有了寄托，让心灵有了归宿。

过去，在德格这方四部十善之地，传统农业的局限、基础设施的不完善、人才的流失等问题，如同沉重的枷锁，束缚着乡村发展的脚步。但当乡村振兴如期而至，从党委政府的精心规划与有力推动，到基层干部的日夜坚守与无私奉献；从农民群众的积极响应与辛勤劳作，到各界人士的热心支持与广泛参与，携手前行、聚力攻坚成为这场伟大变革的代名词。

于是，在一幅幅丰收图景中，我们看到，现代化技术如春风般拂过田野，提高了产业生产效率、保障了产品质量与安全；我们看到，那些古老技艺、独特民俗、厚重文化，以其别具一格的形式和内涵，展现着乡村振兴的五彩斑斓，赋予了乡村更加深厚的底蕴；我们看到，平坦的道路、整洁的环境、完善的公共服务设施，让乡村的生活变得更加便捷和舒适……然而，乡村振兴的道路中也会有荆棘。直面挑战和苦难，我们不屈不挠、勇往直前，懂得了团结协作的重要性，也深刻体会到了只有不断探索新的思路和方法，才能推动乡村的可持续发展。

静卧山水间，回望来时路。德格乡村振兴取得了可供推广和极具参考价值的经验，它们如一面镜子，映照出德格乡村振兴的成功路径和潜在不足。为在实现第二个百年奋斗目标中作出更有力的贡献，取其精华、去其糟粕无疑是激发新发展模式的优良策略。因此，这些经验必将为后续德格乡村振兴提供新的灵感和启示，从而以新的标准和尺度，让德格乡村振兴后续工作有章可循、有例可依。

在感慨万千中，我们见证了因为乡村振兴，德格发生的巨大变化，也感受到了乡村振兴带来的喜悦和希望。我们也深知，乡村振兴的道路还很漫长，任务依然艰巨。但只要我们心怀信念，砥砺前行，就一定能让乡村成为美丽德格的璀璨明珠，让每一个乡村都成为值得向往的"诗和远方"。

发展是解决一切问题的关键，团结奋斗则是实现发展的基石。我们必须清醒地认识到，乡村振兴是一场持久的战役，而不是一蹴而就的短跑，我们要紧紧围绕在党中央周围，听从党的指挥，凝聚各方力量，形成强大合力，以更加坚定的信念、更加务实的行动，向着更高的目标迈进。

我们期许，明天的德格，是更加"仓廪实而知礼节"的文明之乡，传统美德得到传承，现代文明与之交融，乡村成为精神文明高地，人们在这里知书达理、心向美好。

我们期许，明天的德格，是更加"安居乐业享太平"的幸福之乡，产业兴旺如日中天，特色经济风生水起，群众收入水涨船高，家家有可盼未来，户户享富足生活，幸福流淌在每一个人的心底。

我们期许，明天的德格，是更加"绿水青山映画屏"的生态之乡。青山翠影间，溪流潺潺，鸟语花香，生态与发展琴瑟和鸣，人与自然和谐共处，乡村成为诗意的栖居之所。

我们期许，明天的德格，是更加"政通人和百业兴"的繁荣之乡。基层治理科学高效，政策落实精准到位，公共服务应有尽有，教育公平点亮孩子的梦想，医疗保障守护百姓的安康，文化活动丰富群众的生活，乡村成为充满活力与希望的乐土。

以智慧为笔，我们勾勒理想的蓝图，让每一次振兴都满载着希望；以汗水为墨，我们浸润脚下的土地，让每一滴付出都滋养梦想。在乡村振兴的大道上，共同描绘德格的锦绣华章，我们心手相牵，以破釜沉舟的决心，勇攀振兴高峰！